U0901845

陳舜臣

陈舜臣随笔集

花狸居主

〔日〕陈舜臣 著

苏君业 译

中国画报出版社·北京

图书在版编目（CIP）数据

花狸居主 /（日）陈舜臣著；苏君业译. -- 北京：中国画报出版社，2021.1
（陈舜臣随笔集）
ISBN 978-7-5146-1752-8

Ⅰ. ①花… Ⅱ. ①陈… ②苏… Ⅲ. ①随笔—作品集—日本—现代 Ⅳ. ①I313.65

中国版本图书馆CIP数据核字（2019）第104645号

花狸居主

[日]陈舜臣 著　苏君业 译

出 版 人：于九涛
责任编辑：田朝然
责任印制：焦　洋
营销主管：穆　爽

出版发行：中国画报出版社
地　　址：中国北京市海淀区车公庄西路33号　邮编：100048
发 行 部：010-68469781　010-68414683（传真）
总编室兼传真：010-88417359　版权部：010-88417359

开　　本：32开（787mm×1092mm）
印　　张：7.125
字　　数：123千字
版　　次：2021年1月第1版　　2021年1月第1次印刷
印　　刷：德富泰（唐山）印务有限公司
书　　号：ISBN 978-7-5146-1752-8
定　　价：48.00元

目录

传奇作品中记载的中日围棋对弈

世人皆在意来自外界的评价，日本人也不例外，这似乎已成定论。

日本人最早出现在外国文艺作品中，是在唐代苏鹗撰写的笔记小说集《杜阳杂编》。虽说文中首次言及日本人，但毕竟是一本短篇文集，涉及日本的不过两篇而已。

其中一篇提到“日本王子”，他是日本无人能敌的围棋高手。大中年间（847—859），他初到唐朝，与当时代表唐朝围棋最高水平的棋王顾师言对弈，在平分秋色的博弈中，最后，顾师言险胜日本王子。

当时，相当于唐朝外交大臣的鸿胪卿正站在日本王子身边，于是王子向鸿胪卿请教：“顾先生在贵国围棋界排第几？”鸿胪卿答道：“算是第三吧。”事实上，顾师言当时是首屈一指的棋王。但是，正如任何一个国家的外交官员在外事场合首先考虑国家声誉那样，鸿胪卿很机智地说了谎，这种谎言也就是所谓的大国尊严吧。两国顶级围棋高手对弈，若说唐朝棋王险胜，的确有损大国颜面。日本王子虽然无奈，也只能是发出一声叹息："小国的棋王竟不及大国第三棋士。"这本文集关于日本人的描述也就言及至此。

而且这件事也未必属实。唐朝大中年间，实际上距离最后一批遣唐使藤原常嗣从唐朝返回日本还不足十年，按理说日本王子此时也不会出现在唐朝宫廷，归根结底不过是个"传奇"罢了。

若说捕风捉影，"日本人棋艺高超"的传说曾经盛极一时，似乎也确有其事。

第十七次遣唐使节中，因有空海和最澄这两位高僧而名噪一时，其中还有一位叫伴小胜雄的围棋高手。因日方知道唐朝皇太子的亲信中有一个叫王叔文的围棋高手在侧，于是特地派他随行，以求友好切磋棋艺。可能由于伴小胜雄在唐朝到处与人对弈，才使"日本人棋艺高超"的传说得以流传于世。

2003年10月6日

古代善于雕刻的名人

唐代《杜阳杂编》中同时还介绍了倭国人韩志和的故事。

作者苏鹗在介绍日本王子时，用的是“日本国”，而提到韩志和，用的却是日本旧称“倭国”。同一本书中连日本国名都没统一，可见《杜阳杂编》也确实有随意编写之嫌。此书自序中记载的出版时间是乾符三年（876）。

“韩志和”这个名字不像是日本人的名字。他曾是飞龙卫（近卫师团）的一员，是官居近卫的将校。唐朝是世界帝国，在英雄不问出处的时代，天下能人都可以作为士兵或官员被招致朝廷麾下。阿倍仲麻吕也在其中，他在唐朝名为晁衡，官居唐朝秘书监（帝士文书馆长）这一要职。

韩志和理应有一个日本名字，但无从考究。他身怀树雕之绝技，经他雕刻的仙鹤和喜鹊能啄食、能悲鸣，且腹中装有带发条的机关，上天能飞三百多米。后来他制作动态模型的绝活儿上达天听，于是他的作品被呈至宫中，以悦龙颜。他还精心为皇上制作了一张类似板凳的“见龙床”，说是脚蹬上去就能看到飞龙。

“哎？龙真的现身了！太可怕了！你们赶紧把它拿走！”

笨手笨脚的皇帝刚把脚踏上“见龙床”，就吓得失魂落魄。这御前验证也就不得其果。

韩志和见状马上跪拜谢罪：“皇上息怒，接下来请允许微臣给皇上演示一下蝇虎子[1]。”

巨大的飞龙吓坏了皇上，这次改为诸多小蜘蛛结成的蜘蛛群，兵分五列，跳着时下流行的“凉州舞”。

“这个多少还有点儿看头。”皇上称赞有加并予以赏赐。

韩志和对皇上的赏赐不屑一顾，随意转送给了他人。可能是他不满皇上那句“多少还有点儿看头”这近似苛刻而又吝啬的评价，于是从此销声匿迹。

为区区小事而耿耿于怀，这就是日本人的胸怀？一千多年前就能把大东西雕刻成小巧玲珑的模样，这就是当时的名

1　一种蜘蛛，不结网，在墙上爬行，捕捉苍蝇为食。唐段成式《酉阳杂俎·诡习》中有记载。（本书注释均为译者注，以下不再一一说明。）

人韩志和！如此说来，从一片芭蕉叶子中，能琢磨出现在大家使用的扇子，这确实是日本人所为。

2003年10月20日

遗失于民间的巴比伦通天塔

有一个词叫作“仿古”，意为模仿古代的习俗或做法。还有一种文体，叫作“仿古文”。模仿源于敬重，所以我们才会模仿，才会对远古的东西深信不疑。

相反，也有一些人对古代的东西嗤之以鼻。为了加以区分，我们姑且把这些人称为“疑古派”。他们对古代的东西万般唾弃，神话也好，传说也罢，对他们来说都只不过是海市蜃楼，根本没有正视的必要。

德国著名考古学家施里曼1871年起发掘爱琴文明遗址，在那以前，很多人认为荷马所描绘的特洛伊战争也只不过是个传说而已。

十九世纪末二十世纪初，在德国考古学家罗伯特·科尔德韦发掘巴比伦通天塔之前，通天塔也不过是传说中的塔。巴比伦塔是大洪水之后人们开始建造的通往天堂的高塔，可是上帝嫉恨凡人的冒犯，于是便命令人类说不同的语言，使人类相互之间无法沟通，从而阻止了计划的实施（《圣经·旧约·创世纪》）。

虽然这个计划长期搁浅，但是进入新巴比伦帝国时代后，诸王继续造塔，在尼布甲尼撒二世在位期间（前605—前562）终于竣工。历经两千五百年的风吹雨淋，这座通天塔也逐渐消失在人们的视野里，科尔德韦发掘的也仅仅是通天塔的遗址。该塔底座是正方形，长宽高均为九十米。发掘时，通天塔裸露在地面上的部分早已化为乌有。

科尔德韦的考古发现是对那些否认通天塔存在的“疑古派”最有力的回击。

巴比伦的庶民百姓居住的是土房子。由于少雨，容易干裂的土房用不了百年就得翻修重建，历时一两千年，不断重建的房子渐渐堆成了土丘，被称为“遗丘”。

巴比伦通天塔是国王诸侯的王宫，不是百姓的土房子。由烧出的砖瓦建成的王宫乐园，对百姓来说可望而不可及。有朝一日，帝国王朝崩溃，人们就趁机抢走了质地坚固的砖瓦来加固自己的陋室，有了砖瓦加固的房子以后，那些由百姓土房子堆成的“遗丘”也必然风化在历史的时空里了。

2003年10月27日

出自国粹主义者之手的诡异文字

最近发生了一件很荒诞的事情。有人把事先伪造好的旧石器掩埋到某处地下，然后再挖出来，以示天下又有了新的考古发现，并以此来证明日本文明的起源比现在公认的时代更加久远。这件事情闹得满城风雨，而伪造遗址的这些人恰恰又都是学术界公认的专家，这就更是让人大跌眼镜。

这些专家想必是难以接受日本文明的起源晚于其他地区这一事实，才出此下策的。他们伪造的遗址，也许可称为一种“爱国行为”。

当媒体曝光这件事情的时候，我条件反射般地联想到江户时代发生的“神代文字”[1]。众所周知，日语的假名是根据汉

1　神代文字是指日本神话时代的文字。第二次世界大战时曾被部分在野学者宣传为日本最早的文字，以此表明日本于史前已拥有独立文化，学术界普遍视此为近人虚构。

字的草书和行书的一部分演变而来的。这是日本祖先靠着自己的聪明才智创造出来的不朽文化，也是享誉世界的重大发明。

对日文假名源自中国文字这一事实耿耿于怀的那些国粹主义者，其实早在江户时代就曾粉墨登场过。当时他们就像平成时代伪造遗址的那些专家一样，编造出一种“神代文字”，还煞费苦心地把这些文字刻在石头上，然后到处掩埋，并称之为“日文”，曾经名噪一时。

这种文字近似韩国文字，而且有着极其合理的文字体系，所以那些学者便趾高气扬地宣称：“我们的祖先实际上创造了比假名更完美的文字。”以平田笃胤为代表的那些学者，对此文字也津津乐道。既然这种文字优于假名，并出现在假名文字之前，那人们为什么还要沿用劣于“神代文字”的烦琐假名呢？实在令人费解。

其实，神代更早，音韵数量理应更多，但是却与假名文字时代数量相同，这就难以自圆其说了。也就是说，所谓“神代文字”，不过是破绽百出、虚构捏造出来的文字而已。

2003年11月10日

十八年之等待，非尔所知也

日语中“不落俗套”一词，指的是在不拘礼节的宴会上，无高低贵贱之分，皆可尽情狂欢。用现在的话来讲，叫作“发泄”。如若不然，人就会变得压抑、郁闷。

中国古代春秋季节庙会的“春社”“秋社”之日和12月的“腊日”这三天都可以不落俗套地尽情畅饮。一般来说，春天在农活开始之前，秋天则在秋收之后举行。春秋季节的“社日”分别指立春和立秋后第五个“戊日”，“腊日”则指冬至后第三个“戊日”。后来被固定在每年的12月8日。

普通老百姓一年中除了这三天也吃不到什么美味佳肴，在娱乐匮乏的时代，能够欣赏到有钱人对酒当歌也是一件幸事。

孔子（前551—前479）当年也曾出游，去看腊日的宴会，弟子子贡与之同行。子贡出身富贵，同时也是孔子出游活动的赞助商，但他却非常迂腐，以至于孔子死后他为之披麻戴孝六年，也确实是个死脑筋。

《礼记》这样记载着二人的对话，孔子问："赐也乐乎？"子贡答："一国之人皆狂，赐未知其乐也。"意思是举国上下近似疯狂般地寻欢作乐，我不知道世人因何而乐。见子贡如此回答，孔子便告诫他说："百日之蜡，一日之泽，非尔所知也。"意思是百日内仅有一天快乐的日子，其他日子必须汗流浃背地辛勤劳作，对于像你这样的富人来说，当然不知道百姓其乐之所在了。

阪神棒球队十八年来第一次夺冠，球迷们兴奋得跳进道顿堀[1]，他们对常胜将军——巨人队的球迷们说："十八年之等待，换来一日之泽（夺冠），非尔所知也！"

2003年11月17日

1　道顿堀是位于大阪市的运河。以邻近的戏院、商业及娱乐场所闻名，也是最受大阪市民欢迎的地方之一。

“昭君悲剧”背后

歪曲历史事实的世俗之说，有时竟出乎预料地横行于世。

“前汉元帝竟宁元年（前33）”，这段历史的时间很明确，在改年号的诏书中，写着“赐女官王昭君为单于（匈奴王）之妻”。于是王昭君被迫与匈奴王和亲，成为单于的若干妻子之一。这是正史记载的历史事实。

元帝赐给单于的女子必须从女官中选拔。把美女拱手送给别人，皇上当然不悦，于是他想到让一个姓毛的画师为宫女们作画，从中选出最丑的一个嫁出去。宫中女子为了取悦画师把自己画得更美而纷纷贿赂他。对这种把戏不屑一顾的王昭君，理所当然地被画成丑女而远嫁匈奴。临行之际前来跟皇上道别的王昭君，竟然是一位绝世佳人，元帝这才知道画师欺骗了自己，虽然对其加以处罚，但王昭君远嫁匈奴之事已成定局，元帝也只能忍痛割爱了。

这些其实都是世俗之说。常说帝王后宫三千佳丽，元帝在位时是西汉末期，当时或许并非如此奢华，但至少后宫也有近千人。若真的为这么多佳丽一一作画，耗费的时间实在令人质疑。再者说，与其凭借画像判定美丑，还不如召集后宫佳丽，直接由皇上钦点来得快，而且佳丽们经常服侍皇帝，皇帝对她们也基本是心中有数才对。

所以上面的世俗之说也只能是怪说、妄说。

匈奴后来因内乱和气候恶劣导致国力衰退。这一年单于朝贡汉朝，也是竭尽“降伏”之意。这也正合长期恼于匈奴骚扰的汉元帝之意。为纪念单于前来朝贡，汉元帝特改年号为“竟宁”，寓意“终于安宁”的和平时代的到来。那必然会把单于视为国宾而万般礼遇，也就谈不上如此失礼，选个最丑的女子赐予单于了。

当时的匈奴王是第十四代的呼韩邪单于，正在和其兄郅支单于两权相争。这时呼韩邪找到汉朝做靠山，在汉朝远征军的帮助下打败了兄长。如此一来，呼韩邪倾心于汉朝，心存感激之念入朝拜见汉元帝，这时恩赐的妻子便是王昭君。

2003年12月8日

人生乐在相知心

王昭君作为悲剧女性，《明妃曲》[1]中收录了许多吟咏她的诗歌，以王昭君为主题的这组诗歌中，西晋以后的作品居多。为避开西晋实际建立者司马昭的“昭”字，刻意把“昭”改为“明”，这才有了《明妃曲》。

汉都长安的宫女远嫁生活在沙漠帐篷中的匈奴王，成为政治联姻的牺牲品，最后饱经思乡之苦而客死边塞。每当历代朝廷与塞外边疆势力抗衡，军事及外交摩擦加剧的紧张时期，都会大肆渲染“王昭君的悲剧”。

北宋曾经遭受西夏和契丹等边塞诸国的骚扰，全国上下排外情绪高涨也在情理之中。在此背景下，当时的文人，即后来的宰相王安石（1021—1086）为王昭君赋诗两首，收录

1 《明妃曲》是宋代文学家王安石的组诗作品，被称为是吟咏王昭君最好的诗作。

在《明妃曲》中。其中有一句：“汉恩自浅胡恩深，人生乐在相知心。”

受汉恩极浅，皇帝有上千位后宫佳丽，王昭君不过是上千人中的一人。匈奴的单于有几个妻子不得而知，但长期游牧生活环境下，顶多不过五人吧。事实上，王昭君还为单于生了三个孩子。

汉朝和匈奴长期和平相处，每年都有使节团往来。使节团中也总有王昭君的后人随行。王昭君出生于湖北，从湖北老家到当时京城长安路途遥远，回乡省亲基本无望。但她的后人却能作为首领一族，不断地往返于匈奴和汉朝之间，堪称幸事，毕竟一般宫女一旦入宫也就意味着永远告别家人。

王安石写下这首诗时三十九岁，还不是宰相，但也是朝中高官。当时有一个叫范冲的大学者以《明妃曲》“坏天下人心术”来诋毁排挤王安石，害得王安石差点在政治上失利。“人生乐在相知心”，姑且不论上句的汉与胡，好诗好在后半句!

2003年12月15日

一年之计在于“冬至”

时值收新挂历的年终岁尾，新一年的日记或记事本等摆满柜台。依照惯例，日本大多数日历上都没有农历。因为有了新年，所以农历新年就被淡忘了，这多少有点不近人情。

在国际化时代的今天，世界上还有十几亿人因农历新年的“春节”而放假休息。中国人在这一天饮酒助兴，当然还得碍于情面打若干贺岁电话，这在新加坡等地也一样。

日本人用的记事本中依旧标注大安、佛灭、友引等“六曜”的说法，这是日本使用的六天为一轮回的历法，分别是先胜、友引、先负、佛灭、大安、赤口。这种历法，据说是源自唐朝初年李淳风的学说。可是在中国此历法早已被废弃，即使提起此历法，我觉得有些人也会认为这是源自日本的风俗。

现在很多日历上也看不到二十四节气了，但我还是希望能把“冬至”保留下来。

据慈觉大师圆仁的《入唐求法巡礼行记》记载，当时（9世纪）唐朝的冬至甚至比新年更热闹。

人们只要一见到圆仁，便会上前道贺：今天是冬至节，和尚万福!

公元838年7月，圆仁遣唐使一行进入长江流域以后，便留在扬州的开元寺，以迎接冬至。

圆仁写道：“此节皆同于本国（日本）1月1日新年，俗家寺家各备百味祝宴，僧侣们亦皆以三日为期，庆贺冬至节。”唐朝冬至节和新年一样，都是休息三天。

在北半球，冬至是一年中白昼最短的一天，以此为界，白昼会越来越长。相对于漫长的黑夜来说，人们更喜欢温暖的白昼，也因此认为白昼就是上天的恩赐，才把白昼最短的一天作为一年之始。从这个意义上讲，唐朝冬至这天大家需要彼此道喜，时至今日，我们也似乎能理解他们那种喜悦的心情。

从冬至开始把一年划分成二十四份，这就是二十四节气。立春、雨水、惊蛰、清明、谷雨等别有韵味的名字便应运而生。

2003年12月22日

童年的乐园——通关自由的神户港

昭和十一年（1936），我们小孩子看到行驶在大街上棱角不太分明的盒子状的汽车都会欣喜若狂：“啊，这就是流线型汽车！”为什么那么久远的事情时至今日依然历历在目？就是因为当时流线型汽车也叫“三六年车型”。模糊的记忆中，那种汽车后面的标牌上也确实写着“1936”的字样。

当时汽车还是个稀罕物。我们这些住在神户海岸路五丁目的顽童经常打赌，下一辆从近似直角的六丁目处拐出来的汽车到底是不是流线型汽车。

当时是昭和十年（1935）前后，孩子们要小聪明还可以免费乘坐出租车。当然，要规规矩矩戴好帽子，家庭条件好一点儿的最好还要穿皮鞋。这样，当出租车驶来时，司机就会招呼你：“去看船吗？”地点就在现在的神户市办公厅附近。

那时的海关，出租车不搭载乘客是不许进去的。每当有观光船驶入港口（当时神户版的报纸上有船舶进出港信息栏），我们就能享受免费的出租车了。

出租车司机告诉我们，一旦海关有人检查，就撒谎说：我爸爸是船员，今天回来，我是来接爸爸的。

搭免费出租车固然开心，不过我更喜欢在海港看船，还装腔作势地定期订购了杂志《大海与天空》。我经常徜徉在海港码头，如痴如醉地看着那些大船。回家后也总能够看到隔海相望的川崎造船厂的大吊车，还有那些不知道是在建造还是在修理的大船只。这一切令我流连忘返，乐此不疲。

1936年的一个下雪的日子，德国的一艘小型战舰驶进了神户港。

德国作为第一次世界大战的战败国，没有实力造出大型军舰。而这种德国制造的小型战舰，实际上类似巡洋舰。当天我一个人冒着大雪去观看军舰，排了很长时间的队才得以进入军舰内部参观。

那时我虽然正面临中学的升学考试，但根本没有把考试放在心上，依旧悠然自得地到处游逛，真是心宽。可是就在那个下雪的日子，东京发生了日本“少壮派”青年军官杀死政府重臣的“二二六事件”[1]。

2004年1月5日

1　1936年2月26日，日本少数“少壮派”军官发动政变，要求实行“国家改造”、成立军人政府、建立军事独裁，后被镇压平息。

被算命先生左右的清朝战争

义和团运动始于1900年，1901年签署了平定运动的协定，这可算是二十世纪初的重大事件。在义和团运动爆发之后，有个叫彭述的御史相信算命先生的话，“义和团的咒文连炮火都难以把它点燃，堪称法力无穷，可以借此抵抗洋人的炮击，因此大可不必惧怕洋人”。

此前的第一次鸦片战争（1840—1842），由于英国军舰上的大炮命中率极高，有个叫杨芳的将军便认定，英军一定是用了什么魔法。为了破解英军的魔法，他听信算命先生之说，只要对着英军摆满女人用过的尿桶就可抵御洋人，因此便大量征集当地百姓家的尿桶。当然，这纯属徒劳之举，杨将军的阵地最终还是被英国军舰的炮火彻底击垮。

1879年，清朝全权大使崇厚远赴沙俄，缔结了俄国归还伊犁的条约。清军击退了来自中亚的阿古柏[1]对新疆的侵略，一直战败的清军这次难得取胜。

可是签署的条约内容却令以西太后为首的清政府大为吃惊。好不容易赢了这场战争，从签订的条约上看，清朝俨然是战败国。条约上答应赔偿五百万卢布，甚者割让领土给沙俄。难道还是谁逼着他们来侵略清朝？难道还要给战死的敌军头领阿古柏赔款？

阿古柏之乱给新疆带来空前的灾难，沙俄以保护新疆伊犁为名占领伊犁，约定一旦平定战乱，就把伊犁地区归还给清政府。他们美其名曰占领伊犁期间曾经保护过伊犁，所以清政府应该支付保护费。

而这个崇厚听信算命先生某月某天不回清朝必亡的谗言，一门心思只想早日打道回府，所以根本没有斟酌条约的具体内容就糊里糊涂地签约了。

崇厚回国后，被清政府定为死罪。沙俄自知理亏，勉强同意重新交涉条约事宜，但条件是清政府必须撤销崇厚的死罪，最后清政府也只能妥协了。

2004年1月19日

1　也叫雅霍甫，汉名为阿古柏。他就是中国人所说的“中亚屠夫”。

慌慌张张改名为哪般？

我有一个朋友，由于父母偏信用名字算命而不得不改名，这大概源于昭和初期比较盛行的用名字算命的习俗。

记得以前在学校的国史年表课上老师讲过这样一件事，说奈良时代有一个叫道静的僧侣恶意地把跟自己作对的和气清麻吕和尚的名字改为别部秽麻吕。从那时起我就对改名没什么好印象。

其实改名也并非简单之事，至少得有个理由，比如同一街道出现了同名同姓的人，那就只好改名。难得父母或者好心的长辈赐给的名字，真不能轻而易举地改掉。不过也有一些让人无法忍受的名字。比如在我的老家中国台湾，把名字起得太好，反倒会招致神灵的妒忌，所以有时候还故意取些卑俗的名字。比如“乞丐”，我在中国台湾做教师的时候，我学生的父母中确实有人叫过这个名字。

中国有的地区的人把5月5日视为最坏的日子。据说门下有三千食客的孟尝君，就因为是5月5日出生的，他的父亲下令放弃这个孩子，但是他妈妈却背着人偷偷地把他抚养成人。一般家里遇到这种事情，都是表面上暂时放弃孩子，但随后又马上把孩子捡回来继续抚养。这样的孩子在日本被称为“舍吉”“舍松”。

我还有一个朋友，因为是在父母去欧洲旅游后所生，所以被取名为“伦敦”。可是后来日本宣布向美、英开战，要征兵检查时，他父母马上慌了神。起着敌人首都的名字，是很容易遭到他人铁拳相加的。于是他只能通过出家的途径，顺理成章地得到一个合理的法号。日本法律规定，出家的法号可以视为本名，因此他成功地改掉了“伦敦”这个名字。

听东光先生说，他的真名叫东光，出家之后得一法名叫春德，他现在使用的笔名，实际上就是过去他自己的真名。

2004年1月26日

主张博爱与反战思想的墨子

小泉纯一郎首相在2004年1月19日的施政演说中，引用了中国古代思想家墨子的话，“为义非避毁就誉”（行使道义，并不是为了避免他人诋毁或者赢得荣誉）[1]。

大概小泉首相在往伊拉克派遣自卫队时，就预料到可能会招来人们的非议。不过小泉可能不知道墨子同时也是一个反战者，在其著作中就有“非攻”一说。“非攻”就是说要谴责攻击者。

非攻论者的墨子不仅仅是一个和平主义者，他和其弟子构成了一个规模庞大的组织。当A国进攻B国时，墨子就派人去帮助B国防御。这个组织也是积极反侵略的组织，

---

1 小泉前首相以墨子之言来强调派遣自卫队支援伊拉克重建的意义。对此受到在野民主党诋毁，他们认为小泉误解了墨子的本意。其意为“行使道义是一个人理所应当的事情”。

因为其帮助被进攻的一方，所以有很多精于筑城的防御专家。

作为大国的楚国想进攻弱小的宋国，墨子闻讯率三千弟子竭力保宋[1]。当时楚国有一个叫公输盘的名将，墨子进入楚国，公开叫板公输盘，两人在类似作战沙盘上模拟攻城，最后墨子获胜。楚国由此断定难以战胜如此精心备战的宋国，于是决定退兵。不战而胜，这就是和平反战的效果。

墨子热衷于周游全国，推广“非攻”的主张，而这时孔子和其弟子也云游全国，推广儒家思想。

有句话叫作“孔席不暖，墨突不黔”，说的是孔子和其弟子全国四处云游，宣传他们的主张，每到一处，坐席还没坐暖，便又匆匆赶路。而墨子和其弟子的做法是，如果遇到东边国家遭受侵略，他就去为之筑城防守，遇到西边国家遭受攻击，他就去为之挖沟筑壕。往往他家的烟囱还没熏黑，便又匆匆赶到别处去助人了。

墨子的弟子好像都是建筑及土木行业之英才，他始终倡导的博爱思想（兼爱）与和平主义（非攻），显然没有停留

1　出自《墨子·公输》中“墨翟陈辞，止楚攻宋”的典故。

于口头，而是贯穿于行动中。

墨子和其弟子如果今天还在世的话，一定会站在被进攻的一方，而且不仅仅口头声援，还会扛着铁锹前去助阵！

2004年2月2日

关注“保护弱者”的墨子派

美国有不少军人文身，其中有的不是“刺青”，而是涂上蓝色墨水或者把带有图案的塑料贴胶直接贴到皮肤上。

文身也叫“纹身”，古典《礼记》中介绍说这是东方夷人的习俗。大家所熟知的《魏志·倭人传》中就有记载，其中“东夷传”一节介绍说，倭人（日本人）男性皆文身，并解释说男人潜水捕获鱼贝类时，文身图案能吓跑大鱼或水鸟。

听起来文身好像是一种海边渔民的习俗，对那些住在寒冷地区很少入水工作的人来说，文身毫无意义，所以欧洲就没有与“文身”相对应的词。

英语的tattoo指的是文身，库克船长[1]用当地土著的语言把南太平洋盛行的这种风俗介绍于世，已经是十八世纪后期

1 英国皇家海军军官、航海家、探险家和制图师，曾三度奉命出海前往太平洋。

的事情了。

文身有时也作为一种惩罚被强行文上图案。小泉首相曾用这种观点解释墨子的“墨”字，是指一群由受刑者聚集起来的组织。

另一个更有说服力的说法是，“墨”就是那些总是随身携带墨斗（墨盒）的人，比如我们可以把他们想象成工地上画线的设计师或者木工这一阶层的人。墨斗是画线时必不可少的道具，那些携带墨斗的人聚在一起，就形成了墨子门派。

战国时代，儒墨两家长期争执的结果是儒家获胜，墨家惨败，所以关于儒家的文献资料不计其数，而关于墨家的记录却寥寥无几。《汉书》中记载的墨子著作有七十一篇，而现存仅剩五十三篇。

墨家著作的根本思想在于平等。他们要保护弱者，并无偿地为其防守。这种人生哲学当然遭到士大夫的摒弃，其结果这些思想只能游荡于社会底层，在侠义之士的世界里得到推崇与传承。鉴于这层意义，好像墨家思想最近又被中国人所关注。

2004年2月9日

那些被遗忘的天灾的“证人”

去年是关东大地震八十周年，明年是阪神淡路大地震十周年。有关神户地震的记忆，仅仅十年就逐渐被淡忘，这对住在神户的我来说实在难以想象。

现在体验过关东大地震的人已经为数不多了。我是1930年上的小学，同年级学生一般是1923年4月2日至1924年4月1日出生的。关东大地震发生在1923年9月1日，我同学基本都还是婴儿或者还在妈妈腹中。司马辽太郎[1]是那年8月出生的，地震时他刚出生不久。我出生于1924年2月，地震时还在妈妈腹中。当时关西地区受关东大地震影响并不大，但是我们一旦在学校嬉闹起来，老师就会冲着我们怒吼，“你们这些大地震后出生的孩子，整天就知道吵吵闹闹”。

1　司马辽太郎（1923—1996），日本作家。代表作有《猫头鹰之城》《龙马风云录》《国盗物语》等。

说起“淡忘”，鸭长明在《方丈记》中记录了1185年大地震三十年之后的情景，并感叹道：“日月流逝，此去经年，无人提及。”可就在同一年，平家在坛之浦之战[1]中败北，对此很多人倒是一直“津津乐道”，多年以后也念念不忘。

元禄地震那一年（1703），新井白石在《折焚柴记》中对灾情做了详细的记录。如若不然，关于这一年的记忆可能大家只记得剖腹自杀的赤穗浪士。

1938年神户水灾，导致三千七百人死伤或失踪、七千多间房屋被冲走、二十二万户房子被淹没的悲剧发生。时值战乱，况且神户水灾属于地方性灾害，这就愈发容易让人淡忘。关于这场水灾，谷崎润一郎在《细雪》中进行了详细描述。

> 那不是一般的洪水，而是从六甲山的深山里喷涌而出的山洪，泛白的浪尖卷起的怒涛一浪高过一浪，宛如完全沸腾的开水。

---

1 又称“坛之浦合战”。发生于日本平安时代末期，为“源平合战”的关键战役之一，由源义经发起。此战之后西方诸势力再也无法与源义经所率领的源氏大军抗衡。

不仅仅是这些文学作品，还有同样令人震撼的记录以前灾难的影视作品，这些都将成为提醒人们不要忘却过去天灾的“证人”。但是以后是否真正有人去关注这些问题，实在令人担忧。

2004年2月23日

神户居留地和中华街的诞生

记得小时候老师站在神户大丸百货前告诉我们："以前，从这里开始日本人就不得入内。"

那里就是居留地[1]。

日本最初于安政六年（1859）在横滨和长崎划出了居留地，接着于庆应三年（1867）又在大阪和神户划出了两块地。为什么在大阪和神户要比横滨晚了近十年？据说是因为他们不敢冒犯讨厌洋人的天皇（孝明天皇），才拖延了对外开放的港口。

当时攘夷浪士[2]袭击外国居留地的传言盛行，所以日本的

1　相当于中国的租界。日本与欧美诸国缔结通商条约后，首先在长崎、横滨两地辟出居留地，以后逐渐扩展到神户、大阪、东京、新潟、函馆等地。1899年被取消。

2　地方代表资本主义萌芽的藩镇武士以"黑船来航"事件为借口，提出了尊奉天皇、排挤洋夷势力的口号，这些武士就是所谓的"攘夷浪士"。

居留地进出管理比中国的租界要严格得多，也因此形成其内部与日本其他地方截然不同的异域景观。

昭和初年（1926）小学老师教育我们：国弱民耻，甚至日本警察对居留地内部的事情也鞭长莫及。甲午战争日本获胜，其实力得到了世人的认可，并废除了不平等条约。到了1899年7月，这些居留地终于回归日本。

神户大丸百货前的马路是居留地的分界线，以此往南四万坪[1]，就是被租借出去的“条约公民”的领土。当时中国人虽然不是条约公民，但为了给这里的英国人提供服务而陆续来到日本。住在居留地的人生活上有很多麻烦，他们甚至连日式发髻都不会扎，日本裁缝店也做不出来他们想要的衣服，所以他们只能把中国上海和香港那些娴熟的手艺人招到日本为他们服务。这些中国人不是条约公民，当然就没有理由住到居留地内。然而要求他们给理发或做衣服的客人却都住在居留地，所以中国人无奈也只能住在居留地附近了，这就是神户中华街的由来。之后这里又陆续出现了餐馆和外汇兑换店等。

1867年神户划出居留地的时候，正在横滨的《泰晤士

1　坪：1坪≈3.3m^2，四万坪即13.2万平方米。

报》日本特派员曾说过这样苛刻的话：“我一直在质疑，作为大阪的进出港，为什么不选择更方便的大阪地区的另一个城市‘堺’，而选择了神户？神户确实不是最佳候选地，因为神户居留地到了雨季就会变成一片过膝的沼泽，而到了夏季又变成弥漫着尘埃的灼热的沙场。”

2004年3月1日

消失已久的有轨电车

小学时学校就在我家附近，当时大家都是走着上学，好像也没要求小学生要排队上学。最近经常可以看到小学生排队一起上下学，可能是为了防止儿童遭遇交通事故或遇到可疑的坏人。

我读小学的时候是昭和初期，即使在城市中心，来往的汽车也寥寥无几，大家一般都乘坐有轨电车，也叫“市内电车”。电车时刻表是根据上班和上学时间设计的，每两三分钟发一趟。有时电车接踵而至，远远望去好像是串起来的丸子。

到了中学我还是乘坐电车上下学。神户的市内电车曾是市民的骄傲，有的电车车体被设计成流线型，就被人们称作“浪漫号”。偶尔去大阪或京都，看到那里的电车，神户人都会狂妄地、不屑一顾地说：“这是啥呀？这里的电车也太破烂不堪了！”

京都是日本最早开通电车的城市，设计电车的先驱也是采用了当时最新技术，但随着电车在日本的普及，最早那批电车的机轴也旧得早该淘汰了。电车的后发城市神户，“浪漫号”电车早已进化成轻轨，而京都依旧是铃声作响的“叮当有轨电车”[1]，这就越发显得凄凉破旧。但是大城市的有轨电车最后还是非常公平地瞬间被时代的巨浪所吞没。

“浪漫号”和“叮当有轨电车”最后殊途同归。现在有轨电车道也变成一般道路，行人、自行车、汽车、公交车甚至连狗都可以上路。虽然还保留着轨道，但并不意味着电车就有特权可以优先行驶，所以电车司机不能对着路人喊叫：“让路！让路！”而且有轨电车一旦被别的汽车超车，也完全没底气追上去发泄。电车行驶在轨道上，逢站必停，也终于寡不敌众败下阵来。与以前相比（最多十年前），原本三十分钟的路程，现在至少需要一个小时以上，万般无奈只能废弃，那已是昭和四十年（1965）的事了。

现在广岛、长崎的有轨电车依旧悠然自得地行驶在马路

---

1 源自乘务员拉动绳子向驾驶员发出信号时叮当作响的铃声，泛指对京都有轨电车的爱称。

上。前几天在广岛看到了类似“浪漫号”的新电车，便觉得神户的“浪漫号”确实比这里的电车早了很久很久。

2004年3月15日

与走读同学的“多期多会”之缘

从神户到大阪上学，历时五年我都是走读，那已经是半个世纪以前的事情了。我家在海岸路五丁目，从我家到元町站和神户站基本是等距离，无所谓从哪站上车，主要考虑学校离大阪相对近一些，所以从元町站上车的次数就相对多一些。从三宫站到大阪站，当时中途不停车，不过现在的快速电车中途也至少在住吉站和芦屋站停车，可能是第二次世界大战前大阪和神户之间居民颇少的缘故。

我偶尔也从神户站上车，原则上只要是坐上早晨七点的电车能赶上第一节课就行。这个时间段就有一趟七点零五分开往鸟羽方向的火车。燃煤的火车在元町等电车专用车站不停，火车开得稍慢一些，即使几站不停，我也勉强能赶上第一节课。乘坐这趟车的人也不在少数，可能是因为当时电车禁烟，而火车则没有这个限制。

每天坐车上学也就与其他学校的学生混了个脸熟，但也只是脸熟，确实不知道对方叫什么名字。当时都是统一的校服和帽子，根据这些可以判断他们的学校和学院。在环路（当时叫城东线）的京桥站下车的那些学生，根据他们方形帽角上别着的校徽，就能判断出他们是大阪大学的学生，再根据他们校服领子上有一个“T”字样的刺绣，便知道他们是工学院的学生。

从1941年4月一直到第二次世界大战结束，这期间我都是走读，也结识了很多面熟的走读生。有一个成语叫“一期一会”，说不定哪天在电车中就再也见不到那些熟悉的身影，那只能说明他们或者毕业，或者是应征入伍了。

我们这些走读生算是“多期多会”，都是一路从空袭和战场硝烟中走来的伙伴。其中有个练柔道的外校学生我只记住了他的外号，因为我们学校柔道部的一个学生，总是热情地与他打招呼：“喂，不倒翁！”

在十年前的一次聚会中，时隔四十年我偶遇了那位被称为“不倒翁”的学生，才知道他仍然健在。他问我：“你还记得我啊？”我回答道：“当然记得！”但嘴上确实说不出他的真实姓名。就在我犹豫之时，他对我说：“是我呀，我就是那个不倒翁呀！”

2004年3月22日

相扑比赛禁令以及相扑摔跤场的历史

我家住在神户海岸路五丁目的时候，我还是初中生，没事时经常在这附近的海边徜徉。当时正值神户海边实施填海工程，已经填成陆地的部分有一半还没铺路。二十世纪四十年代正是相扑明星双叶山的鼎盛时期，相扑热风靡全国。海边那一半没铺好的陆地就成了最好的摔跤练习场，而且还搭建了一个跟正式相扑比赛相近的摔跤场。当时正好又是夏季，所以孩子们整天在那里摔跤。比赛也可能是由当地居委会举办的，我记得有些摔跤比赛还颁发奖品。

居委会的领导致辞说："你们要像真正的相扑比赛那样，交替抬高左右两腿并用力踏地，那么这一片填海造出来的人工陆地就会变得非常坚实，也就等于你们为国家做贡献了。"

可是孩子们反驳道："摔跤也只能把摔跤场附近的泥土踩得夯实，那其他地方怎么办？"有的孩子甚至提出在那里赛跑会更有意义。

江户时代初期并没有像现在这样的摔跤场。相扑选手摆成圆形阵势并席地而坐，其中两名选手便在圆形场地中间进行比赛，当然比赛空间要远远大于现在的摔跤场。如果两个人中的一个被另一个推到观阵的人群里，或者被另一个人举起来并摔出去，那就算输了。比赛规则也很随意，所以经常有人负伤或大打出手。后来又出现了看相扑比赛要收门票的规定，但是幕府正难以忍受相扑手几近赤裸的身躯，于是在庆安元年（1648）决定取缔相扑比赛。

从取缔相扑比赛，一直到解除禁令的贞享年间（1684—1687），相扑比赛被迫中断了四十余年。

为了取得相扑比赛的许可，有关人员煞费苦心，其中搭建摔跤场便是他们努力的结果。我们从井原西鹤《本朝二十不孝》的插图中，能看到他们当初还曾尝试过四方形的摔跤场。

摔跤台是神圣之地，所以一直禁止女人入内，这种解释实属荒诞。相扑确实始于祭神活动，可是日本祭神在神武天皇即位以前的神话时代就有女人登场。难道是贞享年间，有人为了得到相扑比赛的解禁令，而迫不得已地承诺相扑比赛不能用于赌博、不能有欺骗行为，顺便也承诺女人不得进入摔跤场？

2004年4月5日

马匹与国运

经常出现在古装电影或电视剧里的骑马武士，往往给人一种特别潇洒的感觉。他们骑的是现在的“铁蹄马”。在马蹄铁普及的明治时代之前，古代的马蹄上套着草鞋，马走起路来“吧嗒吧嗒”作响，不可能发出像现在骑马时所听到的清脆的铁蹄声。因此，现在电影或电视剧就默认用现在的铁蹄马替代过去的草鞋马。如果非要完整再现当时的真实情况，那已婚女性也得像以前一样，把牙全部涂黑，这也未免太荒诞了，所以只能让电视剧中的老太太按照现在的习惯，露出满口洁白的牙齿微笑。

军队在实现机械化装备之前，驱动系统也基本依靠马匹。马匹的优劣、数量往往决定战争的胜负。由于一国之运寄于马背之上，所以中国的汉武帝向大宛国（费尔干纳盆地）征集汗血宝马去远征，也并非醉狂之举。“马政”是国防要事。

换个有关弘法大师空海的话题。延历二十三年（804），三十岁的空海大师计划乘坐遣唐使第一批航船去明州（宁波），但是不尽如人意，航船最终漂流到福州的赤岸镇。当地的长官是刚刚换防上任的福建观察使，他的前任长官在任七年，因为马匹问题被撤职。这位新观察使精通历史，知道南北朝时代福建曾有一个南朝大牧场，只不过在南北朝时期已经荒废了。他揣摩着若能把这个大牧场重建起来，那么自己必定能建功立业。但是后来他购买的马匹接二连三地死去，复兴福建牧场之梦也以惨败告终。

中国适合养马的地方基本分布在北方，而南朝没有北方领土，百般无奈也只能在福建养马。后任的观察使阎济美知道其中的原委，一不做二不休地把牧场改造成了茶田。

琉球地区十五世纪以后多半是从属于日本萨摩和中国王朝的两属之地。琉球人向宗主国的中国朝贡，而中国王朝却赠予几倍于他们贡品的回礼。琉球的主要贡品是硫黄和马匹，又因为硫黄是制造火药的原料，所以两样贡品都是国防必需品。

2004年4月19日

历史上假借“虎威”的中国士兵

阪神老虎棒球队夺冠那天，我所居住的阪神地区趁势瞬间演变成“老虎一色”，大家剪成了虎头发型，帽子及T恤衫也都是黄色老虎图案，格外抢眼。

古代中国的近卫军叫作“虎贲”，头冠上插着野鸡羽毛，穿着虎纹（老虎图案）的锦袴，有些类似于现在阪神棒球队粉丝的打扮。五世纪的文献中有“穿斑衣带虎头”的记录，这也与阪神粉丝如出一辙。

要说为什么如此打扮，那一定是为了显得更加威猛!

选拔近卫军的时候，军中首领一般看重的是体格强健的年轻人。根据秦始皇陵旁出土的兵马俑推算，他们的身高一般都在一米八以上。并不是说中国古代人体格强健，而是因为近卫军团选拔的确实都是身强体壮的年轻人。

虽然这些兵马俑是参照公元前两千年的人体制成的，但是近卫军的选拔标准似乎是一成不变的。

1842年第一次鸦片战争末期，清军收回失守的宁波，首先派出五百虎兵冲进城内。之所以采取这种战术，是因为事先派出的几十个乔装改扮的士兵早已潜入城内为他们打开了城门。

一开始五百虎兵喊声四起，势不可挡，可当队伍攻到城内中央市场附近时，突然四面枪弹如雨，他们本来想奇袭攻城，没承想反倒中了英军的圈套。

于是虎兵慌不择路，四处逃命，有人试图逃到城外，结果只有一半人得以生还。率领四千士兵在城外待机攻城的将领段永福，也被炮声吓得一路狂奔，逃回绍兴。

英军看到那些被遗弃的清军尸首，还以为是住在深山里的别的种族。

英军方面记载道：士兵皆穿黄色皮革衣服，衣服上描着虎纹，帽子上绘着虎头。

2004年5月10日

以“字”解决同名同姓问题

中日两国取名的方法略有不同，比如日本三代将军德川家光[1]的长子四代将军取名为德川家纲，即把父亲名字中的一个字传给了儿子。在中国，父亲名字的字，是应该忌讳使用的。

但偶尔也有例外。比如“之”这个字就不必忌讳。著名书法家王羲之的儿子叫王献之，也是一位杰出的书法大家，父子齐名，世人称“二王”。另外，当时还有个书法上颇有造诣且以偏爱画竹而闻名的王徽之，他其实也是王羲之的儿子。

有种说法，“之”本无意，只是用来保持某种韵律感。

1　德川家光（1604—1651），江户幕府第三代征夷大将军。1603年德川家康于江户设立幕府，史称德川幕府或江户幕府，开始了二百六十多年的统治。

还有另一种说法，六朝时道教盛行一时，作为教徒信仰的标识，他们在名字上都加了个“之”字。

汉代一般是一字的姓加上一字的名，如刘邦、项羽、张良、陈胜、吴广等。汉末两字名逐渐增多，但是一时赢得天下的王莽却发布禁令，“禁止使用两字名”，结果又恢复了过去的一字名。

中国的姓氏少于日本，又因用来取名的佳字数量有限，导致同名同姓的人不乏其数。这样的人长大后进学塾或结婚，就需要另起“字”。以《三国志》为例，刘备字玄德，孙权字仲谋，关羽字云长。另起“字”，基本解决了同名同姓的问题。

“字”也往往选择与其姓氏有关的文字，取名为“亮”的人，意为“甚为明亮”，于是相应地取字为“孔明”；取名为“中正”的人，意为“居中公正的国境之交界石碑”，故取字为“介石”。

《三国志》里出现了两位刘岱，更麻烦的是这两个人的字都是“公山”，就是所谓的同名同姓同字。岱是指中国的圣山——泰山，或许因为泰山是天下圣山，故取字为“公山”。

万般无奈，也只能以他们的出生地加以区别。大刘岱官居刺史（地方长官），是东莱（山东省）人，小刘岱是曹操部将，沛（江苏省）人。如果连出生地也一致，那么就是某某之子，若他们的老子也同名同姓同字，那么我们就大可不必再费心劳神了。

2004年5月17日

左与右的命运，宛如鞋子与木屐

不知何故，我左右眼睛的视力相差悬殊。左眼视力0.8还算正常，可右眼视力仅仅0.2，无奈之下只能戴眼镜。可一旦摘下眼镜，就像瞬间变成独眼龙似的，时间久了，就养成了一个不由得总想闭上一只眼睛的坏毛病。前些日子，我做了右眼白内障手术，总算改掉了这个毛病。

二十多年前我在中国香港配眼镜，回日本后戴了一段时间就觉得眼睛疼得厉害。我就纳闷了，仔细一看，可能是香港眼镜店的人忙中出错，把左右眼镜片安装反了。我当时想得简单，把左右眼镜片换过来就行了。谁知日本眼镜技师告诉我说："老式的圆片眼镜片可以左右互换，但是现在的眼镜左右略有不同，就像人穿着普通的鞋子和木屐一样，多少有些异样的感觉。"结果只能通过研磨镜片来重新调整眼镜。

提起木屐，过去比较正式的木屐，一般要在木板上打孔，用来穿绳子，这个孔基本都靠大脚趾一侧，所以木屐有左右之分。也不知从什么时候开始，这个孔逐渐居中，木屐的木板也变成了左右兼用，因此脱下的木屐不用顾及是否该摆放整齐，这对懒惰的人来说确实方便。

那么换成一般的鞋子会是什么情况？比如部队夜间紧急集合演习，如果有不分左右直接就能穿上的鞋子，士兵就能迅速出动。有过上面木屐演变的先例，就能顺理成章地研究出供军队内部使用的左右兼用的军鞋。1882年8月15日的《朝野新闻》作过以下报道。

> 乃木步兵大佐经过多年的潜心研究，最近终于发明了一款新鞋。这种鞋没有左右脚之分，而且穿着非常舒适，已经有二三十位官兵试穿过，他们证实这种鞋跟以前的鞋相比确实方便。该大佐的部下，即东京镇台步兵第一连队决定采用这款新鞋。

报道里提到的乃木步兵大佐，就是后来大家都熟知的乃木希典[1]。照此说法，这种左右兼用的鞋理应成为未来的主打军鞋，但遗憾的是我并没有看到过。毕竟我们今天穿的鞋子并没有重蹈木屐进化的旧辙。

2004年5月31日

---

1 在日本历史上被称为三位“军神”之一，但是中日甲午战争中，他制造了惨绝人寰的旅顺大屠杀，是十恶不赦的罪人。

紫阳花名源于白居易

梅雨时节盛开的花应该首推紫阳花，它也是神户市花。以前并非如此，三十多年前，神户市面向社会募集市花，最后经评审委员会评议，确定为紫阳花。因为我也有幸成为评委之一，紫阳花能够当选市花，我也有一定功劳。至于那些强烈反对意见，是纠结于“紫阳花别名叫幽灵花，不算吉利”。

紫阳花的花色易变，所以别名为“幽灵花”。

我竭力赞成的理由是因为神户属于国际性大都市，所以选择一个原产于日本的花比较合适。而且紫阳花受风土气候影响，容易杂交成不同品种，这也能反映出神户的国际性特色。

中国最早在杭州一带发现了紫阳花。可能是日本遣唐使或日本水手的衣服上沾着紫阳花的种子，无意中将其带到中国，以后紫阳花就逐渐在中国沿海地区蔓延开来。原本中国没有这种花，所以这种花也就没有中国名字。诗人白居易（772—846）被委任为杭州刺史，他在西湖的招贤寺发现了这种花，且无人知晓其花名，便说："那么，我给花取个名字吧！叫紫阳花如何？"

这样，白居易就成了第一个为紫阳花取名的人。他的《白氏长庆集》中有以紫阳花为题的七言绝句，诗的序文和全诗如下：

招贤寺有山花一株，无人知名，色紫气香，芳丽可爱，颇类仙物。

何年植向仙坛上，早晚移栽到梵家。
虽在人间人不识，与君名作紫阳花。

白居易诗意大发，赞美紫阳花是植于天上仙坛的花，不知何时下凡而来，盛开在杭州招贤寺，费尽周折下凡人间，却不为人知，所以为其命名。尽管如此，还是有人仍然把它称为幽灵花，这也未免有些太不解风情。我之所以把它推荐为神户的市花，就是想让人们重新审视它的美丽。

2004年6月7日

孙子提倡的“谍战”

我们小时候玩过的游戏，多半是军国主义教育时代玩的“军国少年式”[1]游戏。游戏规则是发给每个人几张类似扑克牌的卡片，通过卡片决一胜负。卡片中的“飞机”非常厉害，却不得不输给“高射炮”，还有“迷彩”和“烟幕”。那是因为当时的飞机只能依靠目视飞行，一旦视线模糊，就必死无疑。“军旗”也相当厉害，但也得输给军官级别中地位最低的“少尉”，因为连队的旗手一般由少尉担当。

还有一张卡片非常神秘，只要赢了这张卡片，那整个对弈就算全盘皆输。这张卡片就是“大将”（或者叫“元帅”）。这个游戏的设定是只要赢了军队中的最高长官，那么剩下的

1　第二次世界大战前日本学校教育以军国主义为主，宣传“忠君爱国”思想，培养了大量效忠天皇的“军国少年”“军国少女”。本文指当时玩的类似军旗的扑克牌。

就不战而胜。能赢这张卡片的是“间谍”，即“特务”。

兵法书《孙子》中有句名言——知彼知己，百战不殆。

孙子强调的是“知道，了解”的重要性。关于这种认知，他提出了三个不可为的事情：第一是“不可取于鬼神”，弄鬼拜神、祈求神谕之事不可取，即规劝人们不要祈求神灵庇护；第二是“不可象于事”，即不可以万事都依此类推；第三是“不可验于度”，用现代的话讲，就是不能完全依靠统计数字。

《孙子兵法》有十三篇，最后一篇是“用间篇”（使用间谍）。熟读《孙子》，可以理解他的思想精髓在于尽量避免战争，即使迫不得已开战，那也尽可能止于谍战。这一点很难做到，所以奉劝人们仔细研究。下面是《孙子兵法》的一段，如果把“间”理解成“间谍”就会领悟到其中的内涵。

> 非圣贤不能用间，非仁义不能使间，非微妙不能得间之实。

如此看来，没有大智慧当不了间谍，谍战非哲学家不可。

2004年6月14日

今东光和尚所赐的免费戒名

我们通常所说的“戒名”，是给逝者起的名字，一般人过世了，遗属就会花钱请人给逝者起戒名。听说这起戒名也有行情，四十多年前我跟今东光和尚共同出席文艺讲演会，听他讲了一件趣事。

某位歌舞伎演员去世，在处理后事的时候，遗属和寺庙里的和尚话不投机，最后悲泣不已。因为与寺庙有关，今东光和尚经常接受一些咨询，说白了就是钱的事。死者家里祖祖辈辈都是那个寺庙的施主，这次去世的那位演员的父亲也是演员，父亲去世时，家里人就觉得寺庙给起的戒名不太风光。无奈一个时代一个说法，虽然当时他也觉得父亲的戒名不妥，但由于自己地位卑微，也就不了了之。可如今演员的社会地位明显提高，这时候遗属就觉得过去起的戒名有些寒碜，又旧事重提。若按惯例，给这个去世的演员起戒名的价格基本说得过去，但是如果希望进一步提高名字的档次，那必然需要额外付费。当遗属知道这一行情时，都颇为震惊。虽然演员的生活很风光，但是一旦面对巨额的起名费，家人也是惊讶不已。

于是今东光和尚提议："不必担心，我按他父亲去世时比较廉价的行情，给这位逝者起个高雅的戒名！"据说后来给起了个叫什么"院"还是什么"殿"的戒名，当然戒名缀满了许多华丽的词藻。讲演会结束后，很多编辑聚在一起，今东光和尚说起了这件事情。于是就有人担心自己过世后起戒名会花很多钱，不如趁此机会请今东光和尚免费给取一个戒名，以备不测。今东光和尚高兴地应允了大家的要求："好吧，起多少个都行，但是起名之前得说清楚你们的家宗门派。"最终在场的有五个人请和尚起了戒名。不管怎么说，今东光可绝对是一位名正言顺、纯正宗的大僧正[1]。这些编辑想到自己离世以后，不用因为戒名而让子女们破费，都非常高兴。

但是其中有一个人回绝了此事。和尚问他信仰的教派，

1　各宗中最高地位的僧正。

他说是“神道”。于是今东光和尚笑嘻嘻地说：“这个嘛，你呀，只要在你的名字后面加个某某尊就可以了！”[1]

2004年6月21日

1　如果逝者死后不想归入佛门，那就在其名字后面加个尊称以示尊重就行。

开心事不用记录

记事本、笔记都属于备忘录一类。我没有写日记的习惯，别人赠送给我的日记本也都让我用作备忘录了。我的备忘录上记的都是极其简单的内容，基本也就一行字。阪神大地震中，我的右手受伤，手不灵活了，也就放弃了记备忘录的习惯。从1994年至今已有十年没记了。

根据备忘录上记载的简单的几个字，就能读出文字中所包含的超大的信息量，这就是备忘录的用途。可是，随着时间的推移，我现在越来越读不出备忘录的内容了。以往的事情大多被遗忘在记忆深处。

我三十多年前写的备忘录，基本都是各种杂志连载的我写的小说的题目、我当天写下稿件的页数和来访的客人名字等。1974年的1月至2月，报纸连载小说的题目让我记录成数字，还特别认真地标注上圆圈，这样的标注共有六处，时隔三十年后的今天，我再煞费苦心也读不出其中的内涵。备忘录本该就是看其文便知其意的，过去的一切就这样被淡忘了。

1975年10月27日我的备忘录上写着“冈山西大寺、开高、井上”几个字，仅凭这几个字提供的线索，我瞬间想起来当时的情景。那是一次《文艺春秋》举办的巡回讲演，我和开高健、井上靖同行。我们从本州中部的冈山、德山一直转到本州最南端的下关。我参加这次巡回讲演完全是听信了开高健的一个电话：“据说今年河豚味道不错，怎么样，到下关一带转转，尝尝河豚？”

一路走来，到了最关键吃河豚料理的时候，井上靖突然因故没能大饱口福，只有我一个人独享了开高健的高谈阔论，回忆当时的场景，一些细节都历历在目。

人对不想记起的事情，自然就会逐渐淡忘，而对愉悦的往事却总是记忆犹新。1972年冲绳回归日本，那年我也没正经地记备忘录，但是我却清晰地记得和山冈庄八、开高健二位从大分县、宫崎县、种子岛一直共游到那霸。“原以为种子岛小到一杆子下去能把高尔夫球打到海里，没承想还真是个大岛”，开高先生肆无忌惮地谈论着，可种子岛当地的人对他却是双眉颦蹙，多少流露出厌恶之情。当然也是开高健先生本人觉察到了自己的失态。

2004年6月28日

信历法，尽天命

过去凡事靠占卜算卦，不过也有人对此不屑一顾。周灭殷之战的前夕，焚骨卜签皆为凶相，可周的军师太公望把卜签丢在一边，把占卜用的龟甲踩在脚下，说："枯骨死草，何知吉凶？"于是不为占卜所左右，大举进兵，最终灭殷。

据记载，殷灭亡于公元前1050年前后，虽然当时出现了像太公望这样的唯物主义论者，但是这以后占卜却越发盛行，甚至把每一天的吉凶都写进了日历。但是穷人即使遇到"今天不宜外出"的凶日，为了生计也迫不得已地奔波在外。所以，完全可以把日历看成是富人的游戏。

西汉末年，即纪元开始的那几年，或者简单地说就是耶稣诞生时期，有个叫陈遵的硬汉，他身材魁梧、性格豪放、不拘小节，但不知为什么却跟一个与他性格截然相反的、严谨得一条道走到黑的张竦成了挚友。

两人先后隐退。陈遵家登门造访的宾客络绎不绝，他自己也是寻花问柳，终日美酒相伴，歌舞升平。与此相反，张竦虽然官居丹阳郡太守，但隐退后却过着极其贫困潦倒的生活，更别说客人造访了。

张竦当年在池阳县做官时，遭遇贼军袭击，手下的士兵慌忙逃窜，他本人原本有充裕的时间跟着逃跑，但却无动于衷。这是因为他根据历法推算，那天是“反支日”，意为“移动需谨慎的日子”，所以他就岿然不动，坐以待毙。

“反支日”是指十二天支轮回一遍之后，新一轮天支开始之前的那一天。据说在很长一段时期，这一天连朝廷都不受理奏折文书。

张竦的朋友陈遵后来进京去了长安，又因被派去镇压匈奴，也落得个被杀的下场。不过他是醉酒时被杀，比张竦死得更洒脱一些。

2004年7月5日

没有石器的“中华思想”

1920年，我还没出生，四年之后我才呱呱落地，所以这一年对我来说并不遥远。之所以要强调这一年，是因为这一年人们首次确认了中国存在过“石器时代”。可能有人不信，在此之前很多人都认为中国没有石器时代，即使有人否认，也没有确凿的证据。当时的北洋政府聘请瑞典地质学家安特生作为矿政顾问来中国考察，安特生到中国以后，派助手刘长山去河南省西部考察，并提醒他注意搜集有关石器的资料，结果刘长山从河南带回来二百多个石器样本。

“是石器！这就是石器！”安特生欣喜若狂。

这样的石斧、箭头在当地随处可以挖到。只不过这些东西不值钱，没有引起大家注意。当地老百姓挖掘地下古墓，对能卖出钱的青铜器或铜镜等金属很感兴趣，而石器无人问价，所以盗墓者看到石器后觉得“这算什么东西”，便不屑一顾地抛掷一边。

> 我们是圣王天子尧舜的子孙，自古就是礼仪之邦，石器？我们可没用过那种廉价俗气的东西！

正因为这种中华思想根深蒂固，所以人们才不情愿关注脚下的石器。

而且从十九世纪末开始，欧洲就出现了西方版的中华思想。对西方至上主义者来说，他们根本不想承认文明会在遥远的东方之地生根发芽，并开花结果，所以他们主张中国文化起源于西方，其中最有影响力的是比较偏执的学者拉克伯里（1844—1894）。他是出生于法国的英国人，曾写过一本书，叫《中国上古文明的西方起源》。根据他的著说，中国文化乃至中国人都是来自古巴比伦，在经历了一定文明程度之后，才逐渐传播到东方的中国，所以这些人在中国经历了石器时代的生活简直就是无稽之谈。

不论对固守中华思想的中国人来说，还是对西方古巴比伦至上主义者来说，出土石器无疑是多此一举。

2004年7月12日

沿袭至今的“大安”和“佛灭”

“奉正朔”[1]一词中的“正”和“朔”分别是一年和一月之首日。正朔连在一起指日历。“奉正朔”就是按照日历做事，即臣服于天朝。

琉球国的中山王第一次向明朝朝贡是1372年，遵照明朝诏谕，初期选择的贡品是马匹和硫黄。对此，明朝下赐的礼品是大统历和绫罗绸缎，因此琉球得到了很多日历和丝绸。其中主要是日历，大量丝绸属于附属品。于是琉球国又提出一个滑稽的要求：我们国家用不上绫罗绸缎这样的奢侈品，以后就请多给我们一些铁锅、铁器、陶器。其实他们原本可以把那些丝绸卖掉，再用卖的钱去买铁锅和陶器等所需之物。

然而日历象征服从，所以按理不该卖掉。

1　奉正朔即遵从奉行王朝的年号和历法，表示对王朝的效忠和拥戴。这个词一般用在改朝换代的时候，有一些人拥戴新的统治者，就叫作“奉正朔”。

日本曾使用过一种由《仪凤历》的编撰者李淳风所提倡的“六曜”（大安、友引、佛灭等）历法，不过其在中国并不受欢迎。

很多仁人志士认为这种历法不足挂齿——不足取其意。

日本到了江户时代，由幕府天人方编成的历法原稿先是送到京都，加注以后又返送回来，再次校对后，才交给具有从业资格的历法大师，最后出版发行。历法大师不容许有一字增减，必须照原样印刷。

这就是正统日历的由来。当然这里面并没有记载大安、友引等六曜，并且民间也禁止出版日历，所以这个时代的日本人也不知道什么叫大安、佛灭。但是，人们总迷信世间存在着做事皆顺的吉日和做事皆不顺的凶日。到了江户末年，人们就知道遇事要求助知识渊博的人，这种行为曾一度被视为是“迷信”活动，大同二年（807）被平城天皇禁止。到了近代明治改历的时候，明治天皇把迷信视为“妨碍人们启智”的行为，发诏书予以禁止。尽管如此，到了明治时期，日历出版自由化，大安、佛灭也就冠冕堂皇地闯入了日本人的日常生活。

2004年7月26日

极简而又娴熟的贿赂方法

贿赂并不光彩。可能有人会觉得不可思议，既然各国的官场上贿赂俨然已成常态，那么为什么还要取缔贿赂？既然社会上很多事情靠贿赂就能轻易解决，那么取缔它岂不是把事情变得更麻烦？在贿赂一事上，行贿一方和受贿一方彼此都觉得没什么损失，因此双方好像也就没有什么罪恶感。

北京琉璃厂是古董店和古书店的密集之地。据说以前琉璃厂里有些特殊的商店，其特殊之处在于商店里不陈列商品，顾客来店里也不说想买什么。一般店员会先问顾客的去处，比如顾客说去民政部李先生官邸，那店员接着就会问购物的价位，顾客回答“一千两左右”，那店员就会推荐说：“来个花瓶吧！我们正好有一个适合民政部李先生雅兴的花瓶，我在里屋给您打个包装，请您稍候。”奇怪的是顾客并不看买的是什么款式的花瓶，只是说“那就拜托您明天上午把花瓶送到李先生府上”，这番交涉后顾客就回去了。

这就是清末贿赂的套路。第二天下午，那个店员拿着包装好的花瓶来到李先生府上。几天后，李先生与古董店联系说：“我有个花瓶想处理掉，你能不能过来看货？”店员再次造访李府，这时才算第一次打开花瓶的包装。古董店的店员会说：“这个花瓶真不错，能值一千两！我还得挣点儿手续费……手续费，花瓶价格的一折就行。”至此贿赂就算大功告成。

这真是极简而又娴熟的贿赂套路。但是我们不能因此产生错觉，认为贿赂能使社会上繁杂的事情变得简单。若有人真的这样认为，那实质上是一种消极的、倒退的想法。如果我们能正确认识到这一点，就会发现世界上的竞争，早该淘汰贿赂这种行为。

当然我所讲的只是一个假设的故事。清朝1906年才设立民政部，几年后大清就灭亡了。清朝最后的尚书是肃亲王，侍郎是李经迈（李鸿章的儿子）。当然这与我所说的李先生毫不相干。

2004年8月30日

消失在波涛中的宫古[1]的历史

据柳田国男[2]在《海上之路》中的考证，去宫古岛采集宝贝[3]的殷人就是日本人的祖先。对此持支持态度的人寥寥无几，再加上没有确凿证据加以证明，这一观点基本在学术界也就无人问津了。但是那些狂热的支持者却锲而不舍地反驳说，那是因为宫古的台风早已经吹走了一切证据，所以才无从考证。

今年夏天我来到了宫古岛，正好遭遇十三号台风，没办法就多滞留了一天，也身临其境地体验到了台风给人们带来

---

1 地处琉球群岛西南部，先岛诸岛东部，是宫古列岛的主岛。

2 日本的妖怪民俗学者，被尊称为日本民俗学之父。他认为妖怪故事的传承和民众的心理、信仰密切相关，将妖怪研究视为理解日本历史和民族性格的方法之一。

3 一种坚硬而且漂亮的卵形贝壳。古代中国把这种贝壳的一种用作货币，因此汉字“财”“资”等与经济有关的词都带“贝”字旁。

的恐惧，感觉好像不仅仅是波涛在咆哮，整个大海都像被台风掀起来似的。这场台风让我体会到，寻找三千年前留给小岛的证据，那确实是妄想，因此在情感上，我倾向于《海上之路》的拥护派，我承认在这个连个像样的山都没有的小岛上，没有留下证据也是天经地义。没有证据，并不等于事实没有发生。

在历史研究的领域，宫古岛是一个新发现，但不知为什么宫古岛在语言上却保留着最古老的形式。很多研究古日语的学者都对宫古岛的语言感兴趣。

柳田国男指出，原日本人就是宫古人。言语学的研究也表明，最古老的日语就保存在宫古岛上，所以世界著名语言学家，俄罗斯的尼克拉·耐夫斯基就曾来到宫古岛进行实地调查研究，当时正值大正末年至昭和初年，他还在大阪外语大学教俄语。我在这个学校读书的时候耐夫斯基已经回国，在列宁格勒大学执教，但是关于他的各种传说至今还被人们津津乐道。比如他刚到日本还不到半年就能熟读万叶假名等。

战争接近尾声，我在大阪外语大学的研究所里，听到耐夫斯基被捕入狱并被处死的不幸消息。

在那个交通不便的时代，宫古岛人从来没有忘记过曾三次进岛的耐夫斯基。宫古岛人甚至每年都会组团去俄罗斯，看望耐夫斯基的亲属。这也堪称“国际佳话”。

2004年9月6日

台风中历练出来的“尚武之乡”

宫古岛自古以来一直饱经台风之苦，这个由隆起的珊瑚礁堆积而成的平坦岛屿，难以留下历史遗迹。

无论是柳田国男的《海上之路》，还是某语言学家提出的宫古岛是日语发源地之学说，宫古岛都能唤起我们对古代的遐想。尽管如此，岛屿现存的历史遗留物中最古老的也不过是十五世纪的东西，这也不能全归咎于台风。

中国台湾的澎湖列岛也是台风多发之地。除了肆虐的台风，澎湖列岛一年中有近半年的时间都因波涛汹涌而导致岛民赖以谋生的渔业或海上运输被迫中断。于是当地人把不能出海的日子利用起来，做自己喜欢做的事。在中国台湾如果遇到才艺高超的人，有人就会说：“他肯定是澎湖人！”

实际上，从歌舞声乐方面的杰出艺人，拳法界及书法界的名人，到珠算、心算的优胜者，知名学者，医术精湛的医生，甚至绘画、篆刻、雕刻等一些外行难以逾越的领域，也都有脱颖而出的澎湖人。

遇到打仗斗殴事件，若有人说：“我是澎湖人！”并架上拳法的招式，那么当地的小混混马上就会逃之夭夭。

传说中宫古岛曾被称为“尚武之乡”，就是因为人们在岛上有充裕的时间练武。一般人觉得宫古岛人最明显的气质特点就是耿直坦率，这可能是因为岛上没有毒蛇。

耿直坦率的人豁达开朗，而不会绞尽脑汁地冥思苦想。比如犯困了，他们就会不假思索地席地而睡，宫古岛人对此很是习以为然。但与宫古岛相邻的八重山诸岛，那里的人们却不敢掉以轻心，因为他们随时有被饭匙倩毒蛇咬死的危险。

今天的宫古岛并非仅仅由台风肆虐或者没有毒蛇所造就。我们的寻古之梦仍在继续。

2004年9月27日

伴随着铃声的号外报纸

说起“号外”一词多少有一点年代久远的感觉，因为现在我们能在第一时间接触到任何新闻。

话虽如此，但世界各地毕竟受时差限制，即使新闻能迅速扩散全球，可地球上也总有白天和晚上的时差。“美国9·11恐怖袭击事件”突发时，由于纽约和洛杉矶有三个小时的时差，所以当纽约处于一片恐慌之中时，洛杉矶却是早晨，除非早上有看电视的习惯，不然一般人对纽约发生的事也是一无所知。反倒是日本正是电视的早间新闻时间，所以通过电视人们马上知道了最新的资讯。

我有个朋友当时是驻洛杉矶的新闻记者。他儿子在日本看到纽约的突发事件，觉得还是应该叫醒睡梦中的父亲，于是就急忙给他打电话：“纽约惨不忍睹，爸爸你快看电视！”

我朋友虽身在洛杉矶，但是在纽约发生的恐怖事件还是通过他在日本的儿子才知道的。全球进入信息化时代，类似这种事情估计以后也会屡见不鲜。

这件事情让我联想到“号外”。第二次世界大战前，神户荣町五丁目、六丁目是报社集中的地区。五丁目有《每日新闻》和《朝日新闻》两大报纸的分局，六丁目有《神户又新日报》和《神户新闻》的本社，所以发生重大事件时，号外报童就会穿上印有报社字号的短外衣，腰上挂着铃铛，倾巢而出去卖号外。这些报童好像还都穿着白色胶底鞋。

叮！叮！“号外！号外！”

“五一五事件”[1]、“二二六事件”，还有“阿部定的猎奇事件”[2]，这些事件都是通过号外最早被报道并传播开来。

将这些消息以最快的速度传递给那些最想知道的人，正是靠这些不绝于耳的铃铛声以及那些穿梭于大街小巷的胶底鞋。因此，新闻最基本的传播途径并没有改变，胶底鞋所到之处都是人最多的地方。

1　发生于1932年5月15日主要由日本帝国海军基层军官发动的流产政变。这次事变间接导致了“二二六事件”的发生及日本军国主义的发展。

2　指女佣阿部定于1936年5月18日在日本东京都荒川区尾久的茶室，将情人绞杀并切除其生殖器的事件。

我现在住在冲绳的名护市，这里发生了美军直升飞机坠落民间大学校园的突发事件，当然报社特增了号外版。但是冲绳到处都是汽车，又没有停车场，导致市场和繁华闹市都变得萧条起来。人少了，也就不知道号外的去向。结果在超市收款处旁边，我发现了堆积如山的号外，眼看着被超市的顾客陆续拿走了。

2004年10月4日

鞋被人错穿到东京

十几年前在大阪，我们以“圣兽”为题，举行了五个人规模的小型座谈会。其中有一位先生叫江上波夫，因为大家好久没见，当时还挺开心的。

很早以前人们把自己的先祖称为“图腾”，比如人们可能会因自己是蛇的后代还是狗的子孙这一问题而争执不休。如果仔细端详麒麟这种动物的图案，就不难发现它其实是个复合动物，头上生角，身子似蛇，看着就令人毛骨悚然。但正是它集若干个要素于一身，所以与任何图腾都能和睦相处，因此被视为和平的象征。

这次的座谈会不是报社和出版社举办的，而是以圣兽为品牌形象的某著名啤酒公司筹划的。因为与学术界无关，所以大家彻底放松，畅所欲言。

座谈会实际上是在大阪的某餐馆边吃边谈中进行的，

参会的五个成员住东京的居多，宴会一结束，大家都早早离席。我因为另有安排，所以最后一个离席。

出门时，在餐馆的玄关，我发现自己的鞋子不见了，倒是有一双跟我的鞋比较类似的鞋。我的脚比一般人稍小，那天能够穿上我鞋的只能是身材矮小的江上先生。

我一下子就猜到肯定是江上先生把我的鞋穿回东京了。神出鬼没的江上先生，在座谈会上还说过，若能赶上新干线，今天就回东京。

我住在神户，鞋没了，当然就回不了家。无奈之下，那天只能借用他的鞋了。我觉得江上先生可能压根就没注意到自己穿错鞋了。我暗自设定一周为测试期限，如果一周内他没联系我，就证明他没发现自己穿错，我一周之后再跟他联系。

不过就在第五天，从江上先生任馆长的博物馆打来电话，是关于那双鞋的事情。我们马上用快递把穿错的鞋互换过来，这件事情就算完美解决。但是穿错鞋这件事是否真的是他自己发现的，我至今仍深表怀疑。

2004年10月18日

放弃学习日语的巴金

打开日本笔友会的会刊，看到上面刊登着关于中国文坛泰斗巴金的报道。报道说，巴金老先生生于1904年，今年正值百岁诞辰，一直在上海的一家医院里疗养。

巴金长期担任中国作家协会的主席，也经常率领代表团访问日本，所以我曾经见过他几次。二十世纪八十年代一个很偶然的机会，我和巴金同住在北京的某宾馆。巴金作为代表团的团长刚出访欧洲回京。我向同行的作家协会的人（恰巧就是在日本笔友会的会刊上报道过巴金的作家陈喜儒）打听，才知道巴金的房间就在我楼上。我把自己的著作签上名，交给陈喜儒，拜托他转交给巴金，还让他传话说如果巴金先生不麻烦的话，我想亲自去拜访。没想到巴金却说要来拜访我，于是就来到了我的房间。

这是二十多年前的事了，当时都说了些什么，一些细节已淡忘。但是当我说我一直在用日语写小说时，巴金就说：“我也想学日语，不过中途遇挫就放弃了。”这句话我倒是记忆犹新。

据说巴金为了学日语于1934年11月来到日本，当时他正好三十岁，掌握一门新的外语还不算太迟。他以前留学法国，其语言天赋令人刮目相看。除了法语，他还精通英语、俄语、世界语[1]等。他的外语才能都浓缩于后来出版的共十卷的《巴金译文全集》中。但这里却没有日语译作，其中倒是有秋田雨雀的戏曲，这也是从世界语转译的。

1935年4月初的一个早上，几个日本刑警搜查巴金在日本的宿舍，最后他被拘留在神田警署。当时他已经发表了反映年轻人在革命和爱情之间彷徨的小说《灭亡》，还有提倡反封建思想的小说《家》。

在日本被抓，年轻的巴金愤然作色，放弃学习日语而返回上海。

我记得在与巴金的交谈中，他确实说了这样一句话：“我觉得日本的警察还是非常优秀的。”我们这次相见的时

---

1 世界语是国际辅助语的一种，由波兰医生柴门霍夫于1887年创制。

候，他的行李都事先寄到上海了。他说现在手头只剩这个了，于是把一张在德国美术馆目录上写的他的签名，送给我留作纪念。

2004年11月1日

亚瑟·威利是神仙？

把《源氏物语》翻译成英语的亚瑟·威利（1888—1966），又接着英译了《枕草子》。不过他的第一个译作是出版于1918年的英译《中国古诗一百七十篇》。《源氏物语》的英译版第一卷出版于1925年，所以在翻译《源氏物语》之前的六七年里，读者一般都视他为中国文学翻译家。他毕业于剑桥大学古典文学专业，靠自学掌握了汉语和日语。他那超凡的才能令世人钦佩，况且他在有生之年，从来不曾踏上中国和日本的土地。

他晚年宛如仙人般的生活曾被日本的偶像杂志介绍过。那是一张在伦敦街头骑着自行车的照片，虽然当时世界上汽车已经普及，可威利骑着自行车的洒脱形象还是引来旁人奇异的目光。所以作为为数不多的自行车爱好者的形象，他的照片被猎入日本杂志。杂志好像介绍说，他印象中的日本就是《源氏物语》《枕草子》里所描绘的日本，如果看到现实中的日本，可能会觉得幻想破灭吧，所以他就不想来日本。这些话怎么都会让人觉得是采访记者自己随意杜撰的。

杂志还说他对中国的感觉也是如此。他印象中的中国就是李白、白居易时代的中国，现在去中国也会觉得幻想破灭。实际上果真如此吗？对此我有些质疑。

亚瑟·威利晚年作品中有一本叫《中国人眼中的鸦片战争》。这是根据鸦片战争中的民族英雄林则徐的日记创作的。读过这本书后，我甚至觉得他就是以中国人的思维方式向欧美人介绍中国的。同时我觉得他写这个作品的动机，可能就是因为他对堪称西欧和东亚之间戏剧性冲撞的近代诸多事件很感兴趣的缘故。亚瑟·威利绝不是在《源氏物语》中韬光养晦，我认为他是想通过翻译这本书，让世人知道日本人在《源氏物语》中寄托了怎样的情结。同时他也是《西游记》的英译者，他可能也想通过这本书，让世人知道为什么中国人喜欢孙悟空。我想应该标新立异地换个角度去重新认识这个被视为神仙的亚瑟·威利。

2004年11月8日

杀鸡焉用“牛刀”

牛和鸡一般用来比喻事物大小。

“割鸡焉用牛刀”[1]出自《论语》。

孔子来到其弟子子游做县令的武城访问。武城位于鲁国国都曲阜东南方向约一百公里的地方，好像就是现在的费县。孔子一行进入武城，就“闻弦歌之声”。孔子是重视礼乐教化之人，作为其弟子，子游在武城组建了市营乐团，为了欢迎孔子的到来，他就以乐团接待。这可是正规的管弦乐团，好像还有正规的合唱队。

孔子觉得武城不过是个地方小城市，即使组建乐队，也不过是演奏“咚咚！锵锵！”的笛子和大鼓之类的乐器，充其量也就是个七八个人的业余乐团。可没承想是穿戴正式服装的大管弦乐团，这令孔子大为吃惊，才发出了上面的“割

1　出自《论语·阳货》。比喻处理小事，毋需大才。

鸡焉用牛刀”的感慨。可能孔子只是觉得“太夸张”，也并没有责怪子游之意。

《论语》中，这句话之前还有一句“夫子莞尔而笑曰”，说明不是斥责，而是一种玩笑。

可是子游被孔子这么一说，甚是不悦，于是正色地回答：“我时常听先生说，君子得道就能够仁爱，小人得道就容易使役。无论君子还是小人，都必须学习大道，即学习施用礼乐之大道，所以我才如此实践。”

听到这些，孔子回头看了看其弟子，说：“偃之言是也，前言戏之耳。”即言偃（子游的本名）说得对，我刚才只是开玩笑而已，于是果断收回了“割鸡焉用牛刀”。

不管怎么说，子游说得是没错，所以他才显得有些激动。

可是这里说的“牛刀”另有一说。子游德才兼备，本可以胜任一国宰相，可实际上大材小用，只做了偏僻地方的县令。若是这样，可以解释为孔子原本是为了表扬子游（大材小用），只不过是子游没能意识到这一点。这个说法源自在中国有一定声望的黄侃所写的《论语集解义疏》，这本书失传很久，德川时代在日本的足利学校才得以发现。

2004年11月15日

环肥燕瘦

用《和英辞典》查“枇杷”一词，标记为“loquat”，相当于汉语的“卢橘”。如此看来该词虽然原产于中国，但除了译成“枇杷”，还有的辞典译为“日本的西洋花梨”。

中国古籍中出现的“卢橘”也有多种解释，未必就是同一种东西。李白的《宫中行乐词》中有一句：“卢橘为秦树，葡萄出汉宫。”大意是卢橘源自国外，可现已长在了“秦朝”（中国）。葡萄也源自国外，现在也登上了汉朝的宫殿。即“秦朝的卢橘，汉宫的葡萄”。

还有一本注解书将其解释为：卢橘不是枇杷，而属于金橘类。

想必李白当时也是随意一说，不管是西方的葡萄，还是东方的卢橘，只要大家都能尽情享用就好，完全没有必要去探讨这些水果源自何处，重要的是渲染把酒尽欢的气氛。

李白作这首诗是天宝二年（743），当时他四十三岁。在这前一年他奉诏进京，官居供奉翰林[1]，这个职位平时清闲，偶尔等皇帝心情好了被召见。一日，玄宗皇帝和杨贵妃在游玩，突然要召见李白写诗助兴。李白来到皇帝面前，已是酩酊大醉，被迫持笔作出上面那两句诗。据说总共作诗十首，流传下来的有八首，其中有一首诗把杨贵妃比作红颜祸水赵飞燕，惹得龙颜大怒，就被朝廷流放他乡。

上面这段是通说。可能是赵飞燕身材苗条妩媚，这才让体态丰盈的杨贵妃心怀不悦。其实李白想表达的是，苗条也好，丰满也罢，赵飞燕和杨贵妃都是天下美女。然而杨贵妃觉得是李白更加赏识苗条的赵飞燕，所以才红颜一怒。我觉得这个说法比上面的通说更有说服力。

2004年11月22日

1　皇帝的文学侍从官。

谁吃掉了狮子?

据说诸葛孔明即使在五丈原蜀营病死后，也令敌方惊恐万分。如果孔明真的死了，那么蜀军就变得不堪一击。实际上蜀国如果给孔明发丧，就得做出撤军之举，这个时候魏国全面追击，那蜀国必将损伤惨重。

——且慢！孔明岂能轻易亡故？若孔明假死是圈套，我们草率行事，全面追击，遭到算计结果可就惨了。

所以魏国的进攻也是前怕狼后怕虎，不敢贸然出击，于是蜀国没有遭受惨重的损失就撤了回去。

“死孔明吓走活仲达”说的就是这件事。仲达就是和孔明对峙的魏国将军司马仲达。还有一种说法，说仲达如果显得过于强大，可能会招致朝廷戒备，所以他就故意装出怯懦的样子，不全力迎击。

动物世界也有对死去的动物感到畏怯的事情。准确地讲，就是一些动物即使死了，别的动物也还是怕它。这只不过都是寓言里的故事。

首先是狮子，它被尊称为百兽之王。因为中国没有这种动物，就用了“狮子”这两个字来指代，多半是把它视为想象中的动物。西域进贡朝廷的贡物中才有狮子，所以能看到真正狮子的人也为数不多。于是大部分人就是凭借道听途说的印象，做出耍狮子舞用的狮子。

不管怎么说，狮子很厉害，即使死了，别的野兽也因惧怕它而不敢轻易靠近。据说鬣狗、秃鹰等凶猛的野兽也不敢撕咬狮子的尸体。但是，死后的狮子最终还是被吃掉，只留下一堆白骨，那么是谁吃掉了狮子？原来是寄生于狮子体内的虫子（类似蛆之类）。这个虫子叫“狮子身中虫”。

《梵网经》里提到，毁灭佛教的不是外道天魔（佛教以外的宗教家），而是佛子（佛教弟子）。这本汉译的经书，却未曾发现与之对应的印度语原书。

2004年11月29日

形式各异的中日《新青年》

1915年上海发行了《青年杂志》，次年更名为《新青年》。可以说这本杂志的出版归功于陈独秀，他是中国共产党的创始人之一，首任总书记，还曾任当时北京大学文科学长。

鲁迅的《狂人日记》就是发表在这个杂志上的。它对中国的青年和学生有着积极的影响，当时的《新青年》堪称是中国的希望之星。

白话文这种提倡言文一致的文章是因为发表在《新青年》上而被世人认可，中国文学革命也是以《新青年》为中心开展起来的。这本以上海租界为据点的杂志，于1926年停刊。

中国的《新青年》，如同它的刊名，曾被全国广大新青年争相传阅。与此同时，日本也出版了同名的《新青年》杂志，出版社是以出版《帝国百科全书》而名声显赫的博文馆。

两国的《新青年》都是以当时的青年人为对象。中国的《新青年》政治色彩浓郁，民主和科学的追随者居多，而日本的《新青年》却是民主主义政治的产物，代表的是世界主义、国际性的世界观。

日本的《新青年》是提高青年教养的杂志，它理想的读者层设定在放眼于世界的年轻人。为了吸引更多的读者，该杂志后续不断强化了其娱乐性的特点。杂志总编森下雨村就曾是一个推理小说迷，当时日本推理小说作家为数不多，推理小说也基本都是翻译过来的。森下总编的后任是横沟正史，他赴京之前一直在神户开药局。由于主编的嗜好不同，《新青年》这本以激励年轻人走向世界为宗旨的杂志逐渐演变成专门发表侦探小说的杂志。

第二次世界大战以后，“侦”这个字未纳入当用汉字，所以就只能写成“探てい小説”（探侦小说），让人觉得不成体统。于是就想到用“推理”二字取而代之。

尽管后来“侦”字也纳入了当用汉字，但是“侦探小说”一词却难以替代已经被人们接纳了的“推理小说”，最终只能销声匿迹。

2004年12月13日

掩盖俊美相貌的假面武士

圣诞节前后，姑且不说圣诞老人，街头巷尾到处可以看到戴假面具的人。戴上白胡子，半个脸用红头巾遮上，乍一看好像戴了个面罩。如果再戴一个大黑框眼镜，那就几近完美地将自己的脸全部遮盖。

人们都幻想着有朝一日能在一个未知的世界里畅游，乔装打扮成他人，为所欲为地做些开心事。这种欲望源自人的本性，如果把这种欲望与宗教结合，那么表现出来的就是“假面剧”。世俗社会叫作“假面舞会”。这个舞会会使他们拥有一个尽情狂欢、忘乎所以的美好时光。参加假面舞会的人就是为了戴上假面，从平凡的日常生活中摆脱自我，但如果一味沉浸于假面中那就是变态。

人一般因为相貌丑陋才戴上假面具，但有时相反，如果长得过于慈眉善目，与敌人作战时就难以从外表和气势上震慑敌方，有时就必须戴上面目狰狞的假面具。

六世纪后期，北齐的兰陵王高长恭[1]是个名扬天下的人物。此时与北齐抗衡的是北周，北周和匈奴结盟，一时间包围了北齐的金墉城，危急时刻过来救援的就是兰陵王高长恭。

可是金墉城内的北齐军难以辨认赶来的援军的真伪，不敢轻易给援军打开城门。于是兰陵王摘下盔胄，没想到大家看到的是一位英姿飒爽的美男子。也正是因为他太有名了，即使没见过他的人也会认为，貌柔心壮、音容兼美的美男子就该是兰陵王。摘下盔胄的兰陵王活力四射，高声呼喊："本王便是兰陵王！"于是城里人打开城门，兰陵王的人马入城解围，一举击败了北周的军队。这段佳话倒是接近史实，可是他的柔美容貌被大肆渲染，不足以震慑敌人，所以兰陵王带兵打仗时就戴上狰狞的男性面具。

兰陵王的故事跟日本源义经相似。源义经[2]被其兄长源赖

1 兰陵王高长恭（541—573），骁勇善战，战功卓越。因为相貌俊美，所以上战场时要佩戴恶鬼面具，以遮住自己的面容，从而增加在战场上的威慑力。

2 源义经（1159—1189），日本传奇英雄，平安时代的名将。

朝[1]杀害，兰陵王也是被当了皇帝的堂兄弟赐死。可能是因为他名扬天下，才招致皇帝的妒忌。他就是中国版的源义经。也许大众倾向同情弱者，才使得他威名远扬。

日本宫廷雅乐中有《兰陵王入阵曲》[2]，可能是由遣唐使带来的雅乐。不过中国的《兰陵王入阵曲》仅剩下目录部分，具体内容不得而知。

2004年12月27日

1 源赖朝（1147—1199），日本平安时代末期至镰仓时代的武将、政治家。镰仓幕府第一任征夷大将军，也是日本幕府制度的建立者。源义经是他同父异母的胞弟。

2 中国古代著名的歌舞戏。起源于北齐，盛于唐代，是为歌颂兰陵王的战功和美德而创作的男子独舞。东传日本，现今属日本雅乐。

超越国界的市民救援行动

阪神大地震已经过去十年，那天是我因颅内出血住院而又出院回家的第四天。出院时，医院的人跟我说："今天是13号星期五[1]，你不介意吧？"我一门心思想回家，也就义无反顾地出院了。

我们这些外国人作为外来者生活在日本，在发生阪神大地震这样的重大自然灾害之时，不禁会想起关东大地震[2]时发生的不堪回首的往事。据说地震后的惨案[3]中有成百的中国

1　星期五和数字13在西方都代表着坏运气，两个不幸的个体最后结合成超级不幸的一天。所以，不管哪个月的13日又恰逢星期五的那天就叫"黑色星期五"。

2　1923年9月1日，日本东京一带发生了7.9级的关东大地震，死伤者达十四万余人。

3　关东大地震后，中国积极援助，但是日本国内谣言四起，于是一些军国主义暴徒开始屠杀在日朝鲜人和华人。先后有六千多名朝鲜人和七百五十多名华工惨遭杀害，史称"东瀛惨案"。

人和上千的朝鲜人惨遭虐杀。时过境迁，这次阪神大地震就没有发生上次的惨案，而且现在日本的“国民素质”也有很大提高，特别是与过去一直提倡的“国际意识”相比，现在的“地球市民的自觉性”更深入人心。政府武装的时代已经过去，现在是市民时代，我们应该感到庆幸。作为一个老百姓，遭遇了灾情，又靠老百姓之间的互助渡过了难关。到灾区救援的都是发自内心对灾民的痛楚深表同情的义工。他们对我这样行动不便的人，热情相助，真令我动容落泪。这眼泪也包含着对震灾遇难者的悼念，集悲伤与欣喜于一身，真是感慨万千。

有个词叫“悲欣交集”[1]，是中国诗僧弘一法师的临终遗言。

弘一法师从藏于中国福建鼓山的古书中，发现了日本的《大正大藏经》中未曾有过的经文，于是他印刷了二十五部《华严经疏论纂要》，寄给东京大学、京都大学，剩下的一半寄给高野山寺等主要寺院。在抗日战争一触即发的时代，他不问西东，普济众生。

当得到义工救援时，我不知为什么想到超越国界的弘一

1　弘一法师弥留之际，写了“悲欣交集”四字，一面欣庆自己的解脱，一面悲悯众生的苦恼。

法师所说的话。这次大地震中，超越国界和宗教的隔阂，人们无私的救援令我动容。我之所以想起弘一法师的话，就是因为当时义工进行救援的情景感染了我，令我触景生情。这或许就是佛教的教诲！

弘一法师本名叫李叔同，毕业于日本的美术学校，师从黑田清辉大师。他也是中国新剧的先驱。可惜的是在战争还没结束的1942年，他在福建泉州结束了六十三岁的短暂人生，令世人惋惜不已。

2005年1月17日

传到中国台湾的歌曲《荧之光》[1]

日本有不少歌曲是在英格兰民谣的基础上填日语的歌词才得以传唱下来，其中最有名的当属《荧之光》。我学生时代，在校生唱《荧之光》、毕业生唱《敬仰您的尊贵》献给老师。好像当时也只唱《荧之光》的第一段或者第二段，不唱第三、四段，是因为歌词有问题，“保卫从千岛列岛到冲绳的日本国土”。

我昭和十一年（1936）小学毕业，当时日本正处于扩张时期，有人鼓吹千岛列岛以北的库页岛[2]和冲绳以南的中国台湾理应也属于日本。于是歌词里把库页岛和中国台湾也加

1　这首歌汉语译为《友谊地久天长》，原是苏格兰民间歌曲。在日本一般用于毕业典礼、宴会、圣诞节等场合。

2　汉语叫“库页岛”，日语叫“桦太”，英语叫“萨哈林”。1945年，苏联发动8月风暴行动，占领库页岛全境。日本在《旧金山和约》中放弃南桦太主权。

了进去，但是唱起来还是觉得别扭。不提这个了，不过第一段最后一句以“待到黎明时，离别悄然至”结束，真是韵味无穷。

第二次世界大战后我曾在故乡中国台湾当过教师。当时正是日本撤离之后，国民党政权进入台湾，严禁使用日语。毕业典礼上用中文（北京话）唱的歌，曲子就是《友谊地久天长》。准确地说是英格兰民谣的曲子，苏格兰诗人罗伯特·彭斯作词，在台湾作为毕业歌被传唱的《友谊地久天长》，即日本的《萤之光》。当唱到最后一句“奈何别离今朝”时，女生们不禁抽泣起来。

毕业典礼汉语过去叫“毕业式”，不管用汉语唱还是用日语唱，都充满了离愁别恨。

我不知道汉语的词作家是谁，可能当时他也来日本留过学吧。

中国在现代化的发展进程中，不断地吸收西方文化，类似这首歌，不少东西都是经由日本传到了中国。中国的第一个话剧，就是中国留学生于明治四十年（1907）在日本公演的《茶花女遗事》，“茶花女”在日语中叫“椿姬”，“遗事”意味着死后流传下来的故事，所以这部话剧译成日语只能叫《椿姬物语》。扮演椿姬的就是弘一法师。

汉语里有“椿”这个字，但是不是日语“椿树科”的“椿”，而是旃檀科植物。日语的“椿”，汉语里有两种意思，如果是花，指“茶花”，如果是植物，那就是指“山茶树”。

2005年1月24日

武夷山三十六峰

今年新年假期我去了趟中国福建的厦门，至今已去过四次，但每次都是被安排到某处访问，所以来去经过厦门而已，即使稍作停留，也不过一两天。而这次是因为福建的武夷山被评定为世界文化遗产，我才希望到此一游。

其实1988年我为了研究茶文化去过武夷，还记得从武夷到厦门坐车得两个小时。

这次听说从厦门到武夷每天有一趟航班，我才动了心思。

我问别人是不是直升机，结果贻笑大方。人家告诉我，是中型飞机，地地道道的喷气式飞机，一个小时就能到达。

武夷山是茶的产地，以“岩茶”之名为世人所熟知。

传说中有个叫彭祖的长寿老人，活了八百多岁。

彭祖有两个儿子，一个叫“武”，一个叫“夷”，两个儿子齐心协力开辟出来的大山就是武夷山。

住在神户的中国人中，有一些登山爱好者自发成立了登山会，曾攀登过六甲山和再度山，这个登山会取名“武夷山登山会”。

流经武夷山的河流，九曲回肠，人们称之为“武夷九曲”。武夷山之所以能成功申请成为世界文化遗产，主要在于它那秀丽的景观，更有那些无处不在的奇岩、怪石，并且都逐一为之起名。概括起来叫作武夷三十六峰。三十六代表诸多的意思，日本无声电影中武打片的解说员就经常侃侃而谈“东山三十六峰”。

武夷三十六峰中最有名的是大王峰、狮子峰、玉女峰、隐屏峰、接笋峰、玉华峰、天柱峰、晚对峰等。在隐屏峰山脚附近，有朱熹（1130—1200）建造的知名学校——武夷书院。

我在武夷本想泛筏下江，可天公不作美偏偏下起雨来，无奈只得作罢。虽留遗憾，但老天似乎在明示：欢迎再来！

2005年2月7日

“谎话连篇”的马可·波罗

马可·波罗在中国游历了十七年之后才回到欧洲。他详细记录了中国之旅的所见所闻。其初衷并不是为了写《东方见闻录》，作为商人，他只想详细调查全国各地的物产以及市场行情，所以有关地名或各地之间距离的记录才特别详实。

回国后的马可·波罗卷入了他的国家威尼斯和另一个国家热那亚的战争中[1]，这场战争的结果是威尼斯战败，为此他被投入热那亚监狱。狱中马可·波罗口述自己的旅行经历，由同一牢房的曾以写故事为生的专业作家——来自比萨的鲁斯蒂谦来记录，才完成了《东方见闻录》。

书中，马可·波罗尽数距北京十英里（约16公里）的石桥之美，那就是卢沟桥。他对卢沟桥赞叹不已，称世界上再也

1　威尼斯、热那亚、比萨以及阿马尔菲是中世纪意大利四大海洋共和国。

没有如此美丽的桥。由于得到马可·波罗盛赞，欧洲人也把卢沟桥叫作马可·波罗桥，甚至有不少人认为这座桥是马可·波罗建造的。

卢沟桥历史上几经修缮，但基本形式没变，都是由十一个拱门构成。但是马可·波罗却说有二十四个拱门，也不知道是他记错了还是另一个人写错了。

有人觉得《东方见闻录》里没有涉及司空见惯的长城和茶叶实在令人不可思议。马可·波罗进出长城，不可能回避有关长城的话题，也许是负责记录的鲁斯蒂谦觉得长城一说令人难以置信而最终从书中删除了。

《东方见闻录》记录了大米造酒、如薪柴般的可燃石头（煤炭），但是对茶叶只字未提。世上普遍认为欧洲人最初知道茶叶是在此书问世二百年后的十五世纪末，还是由在澳门的葡萄牙人介绍给欧洲的。当时不知道茶为何物，也就没法写。《东方见闻录》出版后，马可·波罗就得了个“谎话连篇”的绰号。

马可·波罗于1324年去世，享年七十岁。据说临终之际，他的朋友忠告他“要为你自己的弥天大谎忏悔”，而他却回答说：“书中所记还不及我看到的一半！”

2005年2月14日

八十一岁的“半寿”和“盘寿”

去年我年满八十岁，很多人祝贺我的“伞寿”，今年八十一岁本以为可以安安静静地迎接新的一年，可朋友却说：“那可不行，不管怎么说，八十一岁是半寿。”

“半寿”一词不常入耳，八十一岁，人生才过半，让人觉得有点厚颜无耻。别人跟我说，“半”这个字从结构上可以分为“八”“十”“一”这三个部分，这也太牵强附会。

查查辞典，“半寿”作为一个独立词条，有的辞典里有，有的辞典则无。好像还不算是一个完全成熟的词。而“伞寿”和“米寿”在一般的辞典里都可以找到。

在我八十一岁生日宴上，有个编辑告诉我，有个词叫“盘寿”，确实是指八十一岁。可是我查辞典却没找到。

“盘”是指“日本象棋盘”，纵横共九路，九乘九组成八十一个格子。在象棋的世界里八十一是个特别的数字，可遗憾的是“盘寿”这个词鲜为人知，并没有普及到在《广辞苑》能够找到的程度。

正仓院[1]里保留着中国唐代的围棋盘，基本跟现在的棋盘别无两样，围棋的下法亦然。但是将棋变化却非常显著。将棋也叫作“象棋”，源自印度，正仓院里没有实物，也只能从出土文物或古文献中略知一二。从平安时代到镰仓时代，被称为“大将棋”和“中将棋”的将棋，棋子特别多，比如“猛虎”“飞龙”“奔车”“猛豹”“铁将”“铜将”，棋盘有纵横各“十二路”的一百四十四个棋子和纵横“十三路”的一百六十九个棋子。据说到了十六世纪后期，才演变成今天纵横“九路”的八十一个格子的棋盘。

西方的国际象棋和中国的象棋、日本的将棋都源自印度。但是日本将棋有其独特的规则，比如说可以把吃掉的敌方棋子，留下为己所用。可能是因为古代日本的战争基本都是兄弟相争的缘故。

2005年2月28日

1　日本奈良时代的仓库。在今奈良市。

十二属相里为什么没有猫?

喜欢猫的人越来越多，甚至还有专门为爱猫人士出版的杂志。

如此之多的爱猫人士，肯定会因为猫没能入围十二属相而为之打抱不平吧！与人类保持友好关系的狗、羊、牛、马都入围了，为什么把猫排斥在外?

有种说法认为十二属相之首是“鼠”，而猫吃鼠，所以就对猫敬而远之。还有一种荒谬的说法，认为上帝为了确定十二属相，专门召集动物大会，结果猫迟到了，所以落选。

其实“子”和“鼠”、“丑”和“牛”、“寅”和“虎”原本没有什么特殊意义。“子”“丑”“寅”不过是一种计数方法，为了便于记忆就假借了动物之名。

除了十二属相里没有猫，此外还有一个不解之谜。十二属相中的十一种动物都是现实中存在的，而以“辰”代表的“龙”，只不过是想象中的动物。也可能十二属相为世人认可的年代，龙确实存在过。

三国的魏国，其元号为“青龙”。公元233年1月，摩坡（地名）的井里出现了青龙，2月皇帝（曹操的孙子，明帝）前去观看，就把当时的年号“太和”改为“青龙”。这里所说的井，可能是老百姓共用的水井，也可能是市井的井（众人聚集之地）。后来这里的地名也因此改为“龙坡”，引来看客无数。也可能真正出现的动物不是龙，而是大蜥蜴或者黑熊等珍禽猛兽。魏国后来好像知道了真龙并不存在，所以四年后又把年号改为“景初”。当时邪马台国的女王卑弥呼在这个时期也曾向魏国派过使节。

有人主张说既然把想象中的动物放入十二属相缺乏科学性，那倒不如把龙替换成现实中存在的动物，比如熊猫。对此建议，好像也没人理会。你如果说自己“我属熊猫”，那倒没什么，但是听的人似乎会觉得好像是漫画故事，所以不要多此一举。

若借此机会替代龙，把一直是个悬案的猫放到十二属相中相应的位置，大家感觉如何？估计也就是说说而已。我觉得真的没必要把猫纳入十二属相，永远保持那种清高自傲，这才是猫。桀骜不驯的姿态就是猫的本色。

2005年3月7日

被孙悟空蔑视的土地公

在日本，每个人出生地的守护神叫作“产土神”，这可能相当于中国的“土地公”。

因为产土神即土地公无处不在，所以这些神仙的数量就不止一个。北京的土地公祭祀在宣武门外的土地庙，那里的花市很有名，好像这也成了这个土地庙的一大特色。

土地公就在我们身边，给人的感觉就好像是邻居家的老人，一旦有求于他们，便能召之即来。《西游记》中的孙悟空每当遇到妖魔鬼怪，总是求当地的土地公帮忙，土地公对孙悟空也是唯命是从。有时候孙悟空在说话之前竟然莫名其妙地对土地公左右开弓打嘴巴，真是个蛮横霸道的猴子。土地公也称为土地神，大小也是个神仙，怎么能任凭孙猴子蔑视?

这是因为土地公曾落下过把柄。传说玉皇大帝曾命令土地神“要把财气分配给地上的众人”，可土地公对此置若罔闻。财气是指带来财富的运气，土地公的老婆，即土地婆指使他违抗玉皇大帝的旨意：“你那样做，大家都成了富人，那我们女儿出嫁时，谁抬花轿？没有穷人，我们就指使不动别人了。”被土地婆这么一说，土地公也就胆大妄为，所以才有了世上的穷人。这是收集于《福建故事集》中的故事，书中提到土地公的生日是农历二月初二，每年的这一天，富人都为土地公供奉豪华贡品，而穷人为了泄愤，为土地公摆放的贡品不过是猫食之类的残羹剩饭。好像还听说土地公夫妇不喜欢吃牡蛎，所以特意摆上牡蛎作贡品。

这些传说也都缘于《西游记》的负面影响。人们认为，一般人死后其灵魂首先去了土地庙，于是遗属马上到土地庙烧纸。另外，土地公的生日是农历二月初二，这一天也叫作“龙抬头”，是龙升天的日子。这些风俗也就从《三国志》时代沿袭至今。

2005年3月14日

何谓花狸居主?

三十多年前，我家搬到了神户的六甲山脚下，并在庭院里栽上了花梨木。当时司马辽太郎很难得跟我聊起了这个话题。

他问我："你家院子里的那些树，你最喜欢哪种？"

"我喜欢花梨木。不过好像这种树没什么人气。"

"是啊！是鲜花的'花'，加上鸭梨的'梨'字吧？"

"是，'梨'与'狸'同音，汉语里也有'花狸'这个词。那你喜欢什么树呢？"

"我喜欢细叶冬青树，这种树冬天也郁郁葱葱，所以叫作冬青树。"

我说："我记得有一首写冬青花的诗。"

诗的作者叫林景熙（1242—1310），是个不太出名的诗人，估计知道的人不多。忽必烈时代，西藏有个妖僧叫杨琏真加，散布了一个禁止大宋复兴的符咒，就是取下绍兴南宋六帝陵寝中遗体的首级，先把遗体埋在杭州原南宋行宫遗址的镇南塔下，然后把帝王的首级扔入西湖。林景熙等大宋旧臣，拜求渔民湖底寻尸，最后把寻到的帝王头骨偷偷埋在了兰亭山上，又在掩埋处栽上了冬天不枯的冬青树作为标识。官府在处理遗骨时，动员当地人帮忙，所以便能轻松地找到遗骨下落。

西藏妖僧如此猖狂地施展巫术，目的就是为了打开帝陵，掠夺大量的陪葬品。他勾结宰相桑哥，桑哥也是个坏事做尽的伪善之人。桑哥倒台后也终于受到应有的惩罚。

林景熙在《冬青花》这首诗的开头写道："冬青花，花时一日肠九折。"跟司马辽太郎聊了这些话题之后，他就受邀去了中国。

从中国回来时，他给我带来一个小盒子，说："这是我给你的礼物。在北京琉璃厂刻印章的地方请人给你刻的，要是喜欢就拿着吧！"小盒子里放着一对印章，一个是阴刻章"陈舜臣"，一个是阳刻章"花狸居主"。[1]

"谢谢！那我就是花狸居主！"

1　刻图章一般都刻凸出来的字，这就是阳刻。如果是刻凹陷下去的字，就是阴刻。

肯定是在他去中国之前就决定送印章给我作礼物，于是从与我的那次对话中，巧妙地套出了所要刻的文字。

2005年3月28日

爱护动物，视国情而为？

在中国香港经常可以看到这样一道风景，卖螃蟹都是把五六只螃蟹用绳子捆绑在一起销售。香港回归中国之前的那些年，这种行为曾被视为虐待动物，据说还曾遭到动物保护组织抗议。

诚然，虐待螃蟹不可取，但那也得看谴责这种行径的人是否有资格。让狗去咬死狐狸，把这一野蛮行径视为体育运动，这种人难道有资格？

有人说爱护动物是文明人的一个标志。我们亚洲人爱护动物的传统一直是代代相传。日本古代曾有个极度喜欢动物，甚至被人嗤笑为“犬公方”的德川将军叫德川纲吉[1]。日本在奈良时代以前，经常发一些《怜悯生灵令》，特别是镰

1　德川纲吉（1646—1709），德川幕府第五代将军。绰号“犬公方”（狗将军）。

仓时代尤甚，但是最为人所熟知的还是德川纲吉。当时上流阶层盛行一种用鹰捕鸟的鹰猎运动，鹰猎用的鹰不吃腐肉，需要专门喂食活着的狗。这种运动实在过于残忍，就被德川纲吉给废除了。他的这一举措堪称一种仁政。除此之外，禁止遗弃牛马等政令在德川纲吉死后，作为幕府的方针也一直被沿袭下来。动物们为人类任意驱使，直到身子散架，再也没有可利用的价值时，就被无情地抛弃。正是因为这些动物一生都为人类劳作，所以我对类似《禁止遗弃牛马》的政令颇为认同。

几年前我去巴黎，看到一个告示："请不要抛弃家养的猫狗。"因为当时正好是长假之前，据说为了全家能出去旅游，有人竟然把家养的宠物猫狗遗弃到郊外。我当时还很诧异，这哪像是大谈爱护动物的城市所发生的事。

昭和时代初期，货物运输主要依靠马匹。神户某地的一个上坡路段，马拉着堆积如山的货物艰难地爬行，这时一位亡命日本的俄罗斯妇女对车夫说："这可不行啊！下次可不能这样呀！"她义正辞严地谴责车夫让马拉那么多不堪重负的货物，而车夫却不解其意，只是茫然地眨巴着眼睛。

其实，早在十七世纪末，德川纲吉就已经数次发布过严禁马车超负拉货的禁令了。

2005年4月4日

祭祀“悔恨先生”的凑川神社

神户的凑川神社供奉着楠木正成[1]，也就是大家所熟知的“楠公”。我五六岁的时候，家住神户元町七丁目，身高差不多也就在楠公膝盖的位置。很多事已经淡忘，记忆中留下的只是大街上行驶的电车。楠公对我们来说也只不过是遥远的历史人物。

我小时候，除了听到“楠公”这个叫法之外，有时还听年长者把他叫作“悔恨先生”。据说是因为楠木正成在凑川[2]战败而死之前，咬牙切齿地说了一句“悔不该……”。

1　楠木正成（约1294—1336），明治时代起尊称大楠公，为镰仓幕府末期到南北朝时期的著名武将。他一生竭力效忠后醍醐天皇，后世敬其忠义多智，誉其为武神、军神。他也是日本史中三大“末代”悲剧英雄之一。

2　日本古地名，即现今神户。建武政权时足利尊氏迎战新田义贞和楠木正成的战役，因战于凑川，故名凑川之战。结果楠木正成败北自刃。

明治五年（1872）楠公才被供奉到神社内，在此之前一直被埋在水田的一个小土坟中。这个土坟是水户光国建造的，墓碑上还刻着“呜呼忠臣楠子之墓”的字样。

土坟建于元禄五年（1692），当时老百姓对楠公的认知程度也就是“英雄战死于此，太可惜了”。

据《太平记》记载，楠木正成的弟弟曾说：“如果人死后能轮回七次，那我也要我的七条命重返人间，彻底消灭朝廷的敌人。”哥哥楠木正成也是意气昂扬地说：“我也是这样想的。”于是为了七生报国，兄弟二人相刺而死。

老百姓对楠木的死难以理解，于是当时的说书人就煞有其事地把楠木身居的官位也加在他的名字里了，变成了“楠木左卫门尉正成”。老百姓听了他的故事后，都觉得楠木是个死不瞑目的忠臣，于是称他为“悔恨先生”。

《太平记》对楠木格外偏爱，说他因战败而懊恼得咬牙切齿，结果把牙都咬碎了。由于这个小插曲家喻户晓，后来楠木正成就成了江户时代专管牙痛的神仙。直到大正时代，一旦谁家里有人牙疼，别人就会劝说：“赶紧去拜拜悔恨先生，牙就不疼了。”楠木正成是大阪河内人，可神户人却愿意把他当成老乡。楠木正成坟墓的碑文出自亡命日本的中国人朱舜水[1]之手。

2005年4月11日

1　朱之瑜（1600—1682），字楚屿，号舜水，明清之际的学者和教育家，后东渡定居日本。他在长崎、江户授徒讲学，传播儒家思想，很受日本朝野人士推重。著有《朱舜水集》。

我是猫皇帝

古代埃及有个皇帝，名字叫“猫”，准确地说叫“猫二世”[1]。他于公元前609年至公元前594年在位，史书记载中确有其人。

这个猫皇帝原本跟猫无关，但当时埃及推崇猫为神兽，从这个意义上讲虽有些牵强附会，但也能扯上一点关系。当时杀猫的人可定死罪，日本将军德川纲吉爱狗痴狂，人送外号“犬公方纲吉”，埃及这个猫皇帝虽不及此，但也确实是个跟猫有点关系的皇帝。他甚至出台法律，规定即使发生火灾，在灭火之前也要先救出猫。这简直和十七世纪江户时代老百姓怕狗如出一辙。公元前埃及的老百姓对待猫神可真是胆战心惊，唯恐招来横祸。

1　猫二世指埃及法老尼哥二世。

猫皇帝曾在几场战争中屡屡战败，很难称得上享誉四方的“大帝”。他的名字用罗马字标记是“Nechoh Ⅱ”，这和日语“猫”的发音相近，我们才称他为猫皇帝。他曾经在米吉多之战中大败犹大王约西亚，一时间复兴了埃及的帝国大业，甚至大举进攻到幼发拉底河流域。但最后在和巴比伦王国王子作战中，彻底败下阵来，从此丧失了在亚洲的势力范围。实际上此时战败的埃及也是岌岌可危，而巴比伦国王猝死，其王子没办法只得中途撤回，没跟猫皇帝抗衡到底。

这次战争之后，猫皇帝放弃了战争，转向贸易立国，但是终究无法使埃及起死回生。猫皇帝死后约七十年，埃及帝国被波斯帝国阿契美尼德王朝镇压了。

后来的波斯大帝居鲁士二世，曾一度谋划远征埃及，但壮志未酬身先死，后来他的长子冈比西斯二世继承了他的事业。而那时的埃及早已经改朝换代。

在波斯与埃及的战争中，波斯军队最前面以猫布阵。埃及军队不敢向他们认为是神兽的猫射击，结果波斯军队大获全胜。事实上完全没有必要以猫为盾，埃及从猫皇帝开始就已经是大势已去，根本不是英雄辈出的波斯的对手。

冈比西斯二世所继承的王位，就是以建造黄金都市“波斯波利斯”[1]而闻名的大流士一世的王位。

2005年4月25日

1 波斯阿契美尼德王朝的第二个都城，主要遗迹有大流士王的接见厅与百柱宫等。被联合国教科文组织指定为文化遗产，列入《世界遗产名录》。

互赠礼品让人无所适从

在确定神户市花的时候，并没有顾忌到以花寄托情思的“花语”。单说玫瑰花的花语就达六十多种，无法逐一考证，也难以顾及周全。结果确定市花为紫阳花，没想到该花的花语是“傲慢”。

“大和抚子”一词常用来形容温柔而刚强的日本女性，于是“抚子”二字就成了“贞淑”的象征。可实际上“抚子”本是一种花，叫“石竹花”，其花语为“大胆”。花语原本是伊斯兰教地区以花寄托情思、以花回复的一种风俗。这种风俗在十八世纪又传到了欧洲。

如果能意识到花语这个层面的含义，那么选花答谢别人的时候就得慎重。如果不经意地随便给人送花，结果花语是“我对你暗生仰慕之情”，那就惹麻烦了。

交换各自随身携带的私人物品，可能是最爽快的一种互赠礼品的形式吧！互赠能把“赠送”与“回赠”同时解决。美国总统格兰特[1]卸任后曾漫游世界，1879年4月，拜访了正在天津逗留的李鸿章。格兰特作为美国南北战争的北方军总司令同南方军队作战，而同一时期李鸿章平定太平天国起义，两个人津津乐道地谈论着共同的话题。交谈中，李鸿章向比他年长一岁的格兰特提出交换彼此手杖作纪念的建议。

格兰特回答说：“我这手杖是我几个朋友一起赠送给我的，回国后我必须得到他们的认可，才可以把它送给你。”

李鸿章回答说：“那我可不敢冒昧接受这么贵重的手杖，这事权当我没说过。”于是就故意把话题岔开了。

十七年后，即1896年，李鸿章参加沙皇二世的加冕典礼到国外出访，途经美国时，他去拜谒了十一年前已经去世的格兰特的陵墓。格兰特夫人举行酒会款待李鸿章。酒会席间，格兰特夫人高举着手杖说：“我丈夫格兰特在世的时候，时常提起要去一趟天津，把这个手杖交给李鸿章先生，在此我代替我丈夫亲自把它交给李总督。”

归国后李鸿章细察手杖，颇为震惊，原来那个手杖采

---

1 格兰特（1822—1885），美国军事家，连任两届美国总统。美国南北战争时任北方军总司令。于1879年访问过日本。

用的是名贵木材，上面镶满了钻石，据说当时价值十几万美元。

2005年5月9日

竹马之友抑或抗衡对手

两小无猜的朋友叫竹马之友。

作为一种儿童游戏，“竹马”到底怎么玩，众说纷纭。现在小孩玩的竹马，是两根木棒之间各安上踏脚的横木的竹马，这种玩法历史也并不久远。而且以前的玩法更简单，好像就是两腿间夹着一根带叶的竹子，一只手握住竹子，另一只手做抽鞭子状四处奔跑。中国古书《博物志》中记载：“小儿五岁曰鸠车之戏，七岁曰竹马之戏。”

鸠车就是小童车，车上装着用木头或藤蔓做的鸽子状小玩具，然后用绳子拽着小车到处跑。这是五岁小孩玩的，到了七岁就开始玩竹马。当然这里说的都是虚岁。把一根竹竿放在两腿间当马骑着到处跑，这也算是七岁小孩最大的本事了。现在日本真正的竹马，能玩起来的，那可绝对是个技术活儿。小学高年级时，我跟朋友学骑竹马，结果没能学会。

我都能骑自行车，却唯独学不会骑竹马，而那些不会骑自行车的孩子却能骑竹马，令人匪夷所思。我问朋友其中的原委，朋友爽快地告诉我："那很正常，我没有自行车，当然谈不上会骑自行车喽。"

竹马之友是童年的玩伴，可有时也是抗衡的对手。仔细思量"竹马之友"出典里的解释，你就会觉得竹马之友的背后，互相嫉恨的成分更浓。

"竹马之友"一词源自《晋书》。主人公桓温（312—373）是位居人臣最高职位的大司马，他童年时的伙伴殷浩经常炫耀说："我小时候总和桓温一起玩。"但实际上这两个人势不两立。

桓温对殷浩与自己相提并论一事颇为不满："少时吾与浩共骑竹马，我弃去，浩辄取之。"

所以竹马之友未必都是好友，也有这样互相嫉恨的劲敌。

桓温是个野心家，暗中欲行篡位之事，而挡在他前面的拦路虎就是殷浩。于是桓温上表弹劾竹马之友殷浩，并将其流放到东阳。他自己一步步奔着皇位而去，就在距皇位一步之遥的时候，竟意外患病而亡。这就是竹马之友的来龙去脉。

2005年5月16日

在宇奈月温泉“作诗一首”

俳句是日本独特的传统诗歌体裁——定型诗。甚至是小学生，只要扳着五指，数着五七五的拍节，也可以作诗。可以说俳句对日本国民情操教育影响很大。这种诗歌形式也备受中国文人青睐，他们相应地创作出不受平仄及脚韵限制的短诗形式——“汉俳”，并竭力推广和普及。

过去文人聚会，尽兴时总说：“那就连诗一首吧！”这里说的“连”，就是把连歌或俳句的前句和接句连在一起作诗，也是文人之间的一种游戏。现在有这种雅兴的文人已不多见。我平时也不参加俳句会，当然也就没有机会体验这种优雅的游戏。

但也有一次参加了类似的俳句会。我朋友是一个俳句诗人，他说：“咱们连诗助兴怎么样？”当时也没有正规的写毛笔字用的宣纸，只是发给大家半张白纸，规定“在一个小时内作诗五首后提交”。

当时我们在富山县宇奈月温泉，正好是去参观黑部水库两天一宿之旅的归程之夜。黑部水库建成于昭和三十八年（1963），受关西电力公司之邀，我们可以享受参观大坝内部的特殊待遇，于是我们二十多个朋友便结伴前行。

我的那个俳句诗人朋友叫赤尾兜子，我们当中年龄最大的是诗人富田碎花，由这两个人当评委。我有一首作品入选，“一朝被降伏，痛恨巨能无泄处，默隐水库底”。虽然入选了，但也没有什么奖赏，倒是迫不得已地被多灌了几杯酒。

那是四十年前的事情了，当时年龄最大的富田碎花可能比我现在还年轻。赤尾兜子跟我是同学，所以我敢直言不讳地说：“你是专业俳人，如果谁创作出的俳句比你写得还好，那可怎么办？”他笑着回答道：“这也就是游戏嘛！”

富田碎花先生总是背着一个小双肩包，里面装的东西似乎不多。我好奇地问包里装着什么，他回答说：“是压缩米饭，一旦遇到险情能用得上。”现在想来，那次旅行带上遇险用的食品确实是明智之举。

2005年5月30日

区别“藝”[1]与“芸”

把“藝”字简化为“芸”，我多少有些抵触。因为“芸”不是简化字，它本身是某种芳草的名字，同时也可以用来形容植物盛开的样子。而且这种香草用于防止虫蛀书籍，因此自古以来文人们用它做书签，或者放置于书房。阿倍仲麻吕在唐朝为官的秘书省（掌管文书）叫“芸省”，也叫“芸台”，源自于“芸”跟书籍有关。

用“芸”字命名也不是中国特有的命名方法。比如早在十八世纪后期的日本江户时代，就有“千叶芸阁”，大阪也有“片冈芸亭”，日本的儒者也曾选用“芸”作为自己的号。

四十多年前文藝春秋出版社的池岛信平来问我，出版社名字中的“藝”，用简化字表示怎么样？我回答说：

1　此文中的“藝”均指日语中的“藝”字。

"'藝'和'芸'不是一个字，最好别换。"我觉得一向严谨的池岛先生也同样向其他诸多有识之士征求过意见。现如今出版社依旧沿袭着过去的"藝"字，说明大家都是反对用简化字的（顺便提一下，汉语中"藝"的简化字不是"芸"，而是新造了一个"艺"字来替代）。

"芸香"一词代表书香味，常用于诗歌或人名，其原有意思已被淡化。《论语》和《孟子》里也用过这个词。诗人白居易曾有一句感叹诗："惆怅青袍袖，芸香无半残。"

近代名人中，有个叫王芸生（1901—1980）的中国著名记者。"九一八事变"前后，他出版了六本《六十年来的中国和日本》。他也是著名的日本研究专家。第二次世界大战接近尾声时，王芸生任《大公报》主编。战后，他受美国麦克阿瑟将军之邀出访日本。他观察当时的日本后发现，日本人虽然饱受战争之苦，物质上粮食匮乏，精神上颓废不振，但是日本的孩子却是面红体宽，精神饱满，看得出是大人把食物让给了孩子。因此他预言道：日本战后复兴肯定会比预想的要快得多。有的日本学者把后来成为《大公报》社长的王芸生称作王艺生，我真觉得他们应该把"艺"和"芸"的区别搞清楚才对！

2005年6月6日

暴怒大叔——铁道卫士的魄力

空袭的战火吞噬神户之前，我一直住在神户海岸通五丁目。眼前的海滨主干道路对面，行驶着临港线货物专用火车。JR神户站对面是货物周转专用车站——凑川站，很多出口货物由这条铁路被运到神户港，反过来也由这条铁路把进口货物从神户港运到凑川站。车站时刻表上零星的几个发车时间，意味着火车一天也就往返几个来回，似乎让人忘了这条线路上还跑着火车。所以每当火车经过时，车上的工作人员就会刻意鸣笛警示。虽说这条铁路靠近海边，但毕竟也是行驶在城市中心，所以火车开得极其缓慢，记忆中这里也从没有发生过事故。

——赛跑的话，我肯定能赢！

火车慢得连小学生都敢跟它较量。

火车头前方经常站着一个工作人员，人送外号“暴怒大叔”。他手持喇叭，看到轨道上有小孩，就会暴怒不已：“喂！喂！太危险啦！你们是哪个学校的学生？”

我们看到他在大喊大叫，也会替他担心：“大叔，你不热吗？”“要是你从火车上摔下来，那可怎么办呀？”慢慢腾腾的火车绝不会把他从火车上甩下来的，所以我们的担心也是杞人忧天。

另外，当时还有个热门话题，说“临港线那个暴怒大叔，长得跟我们学校摇铃的那位大叔很像”。摇铃大叔是学校打杂的工勤人员，到了上课时间，他就在走廊摇铃，边摇边训斥学生，絮絮叨叨喊个不停。这一点确实像火车上那个暴怒大叔。有人说他就是那个暴怒大叔的弟弟，结果谣言越传越离谱。甚至有人煞有介事地说：“摇铃大叔跟火车上的暴怒大叔原本就是一个人，只不过是他一边在学校摇铃，一边去火车上兼职。”

火车上的暴怒大叔戴着铁路工人专用帽子，总是把喇叭放在嘴边。但是再慢的火车也是在行驶，所以我一直也没看清楚他的模样。有一次，大叔突然脱下帽子擦汗，我们这才发现他没头发，而学校的摇铃大叔却是满头浓发。

以后每当听到哪儿发生了火车事故的新闻，我就会情不自禁地想起临港线的暴怒大叔。虽然言语犀利，但从他身上确实能感觉到铁道卫士的热情。

2005年6月13日

安集延探险之荣耀

安集延这个令人记忆犹新的地名最近频繁出现在新闻里[1]。

由于乌兹别克斯坦内部纷争，导致反总统势力遭受镇压进而向邻国逃命，这些人最终都聚集在国境线上的城市——安集延。

天山山脉和阿尔泰山脉长久以来隔断着东西方往来。汉武帝（前140—前88在位）为了得到汗血马也曾派军至此（当时称为“大宛国”）。由于两座高山阻隔，无奈只好放弃进一步西征。亚历山大大帝（前356—前323）也举兵至此，没再东征。

日本人最初在安集延留下足迹的是1902年的大谷探险

1　指安集延骚乱事件。2005年5月12日夜间，位于乌兹别克斯坦东部的安集延市发生武装骚乱事件。次日晚上，乌政府采取措施平息了武装骚乱。

队。他们从伦敦出发，坐火车到达巴库，再乘船横渡里海，最后乘坐火车来到安集延。探险队从安集延开始探险，在他们到达安集延之前，先后经过布哈拉、撒马尔罕、浩罕汗国等西域诸城市。但毕竟是坐着火车，仅仅是经过这些城市而已，所以算不上“探险”。

探险队一行五人，有大谷光瑞、渡边哲信、堀贤雄、本多惠隆和井上弘圆。他们在安集延雇用马车前往奥什，在奥什准备了二十五头驮马和五头拉车马，然后越过天山，最后到达中国的领地喀什葛尔。

探险队一行又从喀什葛尔出发，进入帕米尔高原，到达喀什库尔干。在此兵分两路，大谷、本多、井上一行人穿越中国与克什米尔间山口的明铁盖达坂，再通过中国新疆西喀什西南面的罕萨谷地，最后抵达印度。渡边和堀贤雄一行人则经过叶尔羌进入和田，他们俩2月份从安集延出发，到达和田已是11月末，于是决定留下过年。第二年的1月2日又奔着安集延而去。

现在想来，1903年是日俄战争爆发的前一年，堀贤雄还曾感叹俄罗斯警察不许他们到处拍照。两国开战之前，禁止拍照也是必然。

现在的日本也是个探险大国，日本的探险先驱我认为当属大谷探险队。在此之前，虽然福岛安正（后来的福岛大将）也曾靠单骑横跨过西伯利亚，但是他的探险之旅军事色彩太重，所以就不能算在其中。大谷探险队的荣耀带有明显的宗教色彩，他们一直是边祈祷边探险的。

2005年6月27日

千年等待，只为恋人归来？

等人是一件闹心的事情。心里念叨着“快来了，快来了”，结果还是没等到该来的人。如果你能知道你等的人肯定会来，那顶多有点心神不定，但是如果你不知道你等的人是否能来，那就得一直坐立不安地等下去。没有比这更受煎熬的了。

汇集中国古民谣的《诗经》里，有一句“一日不见，如隔三秋”，意思是一天不见，如同隔了三个秋天，就等于三年未见。

朱熹把这句诗解释为期盼约会的恋人。可在古注中，却把这句诗解释为一日不见君主的龙颜，就会担心是否轻信敌人谗言，因此觉得一日如隔三秋。这种解释让人觉得有点过虑，还是解释为对恋人翘首以待的心情比较自然。

《诗经》里收集的是西周初年（公元前十一世纪）至春

秋时代中期（公元前六世纪前后）的歌谣。这句诗后来演化为成语“一日三秋”。可在日本却常说“一日千秋”。

在中国出版的日语辞典里，出现了一个中国人不常用的“一日千秋”这个词条，其解释与“一日三秋”相同。中国文字一定是“平”或“仄”的其中一种，作汉诗时，按规则必须平仄押韵，表示数字的文字中，只有“三”和“千”是平韵，其余都是仄韵。而且用日语来读的话，“サン（三）”和“セン（千）”的发音也相近，所以就解释为两者通用。

以一日三秋之思念去等待，比如等待恋人从国外归来，那种心情用这个词来表达确实贴切。可是一日千秋有多长，你能想象出来吗？千秋就是千年，如果是距今一千年之前，那岂不是倒退到清少纳言、紫式部的时代？从那时一直等待至今，实在是超出常人想象。

2005年7月11日

骨折三次与那些如履薄冰的岁月

小学四年级我一年中曾有三次骨折，都断在胳膊上，左胳膊两次，右胳膊一次。

如此轻易骨折，我开始怀疑自己是不是天生骨头脆弱。每次骨折，整骨的医生都会无可奈何地说：“又断了？就是因为你不锻炼身体，所以稍不注意就会骨折。你是不是该考虑通过柔道之类的运动来锻炼身体呀！”

回家后我没敢把医生的话告诉父母，担心一旦说漏嘴，父母就会逼我学柔道。我可不是活泼好动的孩子。

于是我就糊弄父母说：“医生让我在家静养。”一般来说骨折在休息几天后，把胳膊绑上绷带吊在脖子上就能上学。可每次骨折我都是休息若干周。我既不喜欢通过柔道让自己动起来，更不喜欢上学。

从那以后我再也没有正儿八经做过什么运动。转眼间日本社会日趋被军国主义色彩笼罩。中学时代各种体育俱乐部活动，占据了所有课程的近半的时间。后来又组建滑翔机俱乐部，毕竟学校在市内，所以根本没有滑翔机起飞降落的空地。据说只能利用周日，在六甲山后面押部谷的空地进行训练。我想如果一周只参加一次活动，那总能有办法蒙混过关。于是报名参加滑翔机俱乐部，结果马上被拒绝，其理由是：如果认为你也能坐上滑翔机，那就大错特错了，我们需要的是拖拉滑翔机的人，像你这样弱不禁风的人，我们根本不需要。

不管怎么说，我是明确表明了参加俱乐部的意图，有了这个借口，以后我就可以不参加其他俱乐部了。学校军训，练习匍匐前进，我总是最后一个，我的托词就是胳膊不好，其实治愈之后我再也没有骨折过。小学四年级骨折，距今也是七十多年了，这七十多年的岁月对我而言如履薄冰。上了年纪以后，我开始担心自己是否患有骨质疏松症，医生劝我做个骨强度检查。

对此我自然没有信心，但检查结果的数值令我意外：与同龄人相比偏上，无碍。

早知如此，我这七十多年就不用这么整天提心吊胆了！

2005年8月1日

“落华生”的父亲是地道的中国台湾人

明治二十八年（1895），甲午战争败北的清政府迫于无奈把台湾割让给日本。清朝有个惯例，高官应该回避在自己家乡做官。当时台湾的官员基本都不是台湾人，所以台湾割让给日本之后，这些做官的干脆撤回大陆。

但也有例外。一些人在其家乡极有名望，通过了最高级别的科举考试并晋升为进士，但却没有步入官场。这些人就是不想做官，如果有意做官的话至少也能当个县长。他们平时跟别的高官交往，也都是平起平坐。那么他们是不是也应该跟其他高官一起离开台湾?

台南就有个叫许南英的进士。

他出生在台南西定坊武官街，他的父亲许廷璋在延平郡王祠附近开设私塾教人读书。毫无疑问，他是个地地道道的台湾人，可他却选择了和其他官僚一起撤离台湾。他告知天下：日本把台湾人视为日本的臣民，你若抗拒，就请离开台湾！

许南英离开台湾到达厦门时，作了一首充满望乡之情的诗句："海天东望台南哭。"

许南英的第四个儿子叫许地山，就是后来以"落华生"为笔名的作家。许地山毕业于燕京大学，后去美国留学，跟女作家冰心是同期生。

他的专业是以梵文为主的印度文学。商务印书馆模仿日本岩波书店，出版了一套《万有文库》丛书，他的《印度文学》就是其中一本。

更重要的是他摘抄了存放于牛津大学图书馆的东印度公司的航海记录，后来整理出版了《达衷集》。我在写《鸦片战争》的时候没少借鉴这本书。

他以落华生为笔名出版的小说《春桃》（1934年出版），一时间跃入畅销作品。

1941年，许地山在香港大学任教授，正是太平洋战争即将爆发之时，他满腹遗憾地病逝。

他父亲许南英于1917年去世，生前曾一度回台湾上坟祭祖。当时许南英留下诗句："已别乡关十六年。"关于他儿子许地山，一般的文学事典里都介绍说他是福建省龙溪县人，实际上，他是1893年生于台南市马公庙的地道台湾人。

2005年8月22日

与“常胜海军将领”同名

出访韩国，我向韩国人递上名片，对方一般看看我的脸，就会心照不宣地连连点头，或者微微一笑，而且还总能记住我的名字。

十六世纪末，日本的丰臣秀吉率兵进攻朝鲜时，朝鲜出了个武将，在海上屡屡击败日军，人称“常胜海军将领”，他就是李舜臣。在韩国，如果让大家说出最尊敬的历史人物，那么毫无疑问李舜臣应该稳居榜首。

李舜臣是一位清廉的武将，他组织建造了类似潜水艇的新式军舰“龟甲船”，曾一度让日军不堪一击。他所到之处，连战连胜。比如在釜山的一次海战中，他烧毁了百余艘敌船，为抵抗日军侵朝立下了汗马功劳。

可是他英勇善战却遭到同僚忌妒，被谗言陷害而锒铛入狱。失去李舜臣统帅的朝鲜水师连连败北。可能因其悲剧性的命运唤起了老百姓的同情，朝廷又重新启用了他，他也不负众望，在各地连胜日军。

陆上作战中，日军占优势，所以善于海上作战的李舜臣，其战功就格外显赫。由于丰臣秀吉之死，日军只能撤退，李舜臣机智地率军断绝日军撤退后路，在露梁海战[1]中，他壮烈牺牲。

我的名字是祖父给我起的。祖父长期致力于模仿岳飞的书法，不可能知道朝鲜名人李舜臣。舜是圣天子之名，如果能成为圣天子的臣民，肯定就会一生幸福！我祖父可能基于这种考虑，才给我起了“舜臣”这个名字。好像出于同一考虑，所以叫“舜臣”的人也不乏其数。距今六十年前，第二次世界大战刚刚结束，我回到了中国台湾，有一天打开报纸一看，着实吓了我一跳。

> 我儿子陈舜臣从日本归来，但四处举债，品行恶劣，因此我决定与其断绝父子关系。今后与他有关的一切我概不负责，等等。

1 十六世纪末发生在露梁的朝鲜壬辰卫国战争的最后一场海战。双方为中国明朝与朝鲜联军对日本军队的岛津立花一部。战争以中朝联军获胜而告终。

毋庸置疑，这是跟我同名的另一个人。家人希望他能成为圣天子的臣民，可这个陈舜臣好像误入了歧途。我也只能祈祷他早日改邪归正。

2005年8月29日

古董级车票的有效期

平成作为年号，其时间跨度现在已经超过大正时代。大正之前是明治时代，离我们更加久远。进入明治时代，人们剪去发髻，这又比明治以前的时代更加新潮。

提起古董，不少人会认为越古老的东西就越好，可实际上未必如此。现在大部分日本人都没有经历过战争，他们目睹的战争可能也只局限于昭和时代的战乱时期，所以当这个时期的服装及日用品拿出来展示时，他们就显得格外好奇。

奈良的天理参考馆里收藏着不少明治、大正时期的物件，其中还有1912年10月发行的火车票。车票是从热田到大阪的，结果我一不小心读成了“阪大”，因为那时的票都是从右向左写，按现在的读法就是“大阪”。车票上“金一元七十三钱”的下面写着“通行税三钱”，还有“铁道院三等单程乘车券”等字样。

一般火车票在出站口被回收，民间很难收集到。

根据车票上的文字得知这是昭和时代初期的车票。到底是国际火车，文字跟当时日语写法相反，是从左向右写的。上部分是“西伯利亚经由欧亚联络”，乘车船券标题的下方写着“使用卧铺，另外付款”，本来票就是一等座的，但好像卧铺必须额外交钱。同时还写着“详细线路记录在第三页”。由此可知，这张票实际是一本小册子。

估计现在没有人乘坐火车去欧洲，可是第二次世界大战前铁路比轮船要快许多。

这张票的有效期为“含出票日共六十天”，还写着“持本票的旅客在有效期的最后一天半夜十二点之前必须结束旅行”。在旅游热盛行的今天，能定睛凝视着一张古董级的车票也是一种惬意和满足。

2005年9月13日

《水浒传》中的酒旗

《水浒传》中的英雄武松，赤手打虎，名扬天下。在此之前他路过景阳冈的时候，去酒家喝过酒。酒家的招牌一般旗子居多，这样的旗子叫酒旗。

他去的那个小酒家的酒旗上写着“三碗不过冈”。可能是由于小酒家的酒是上等的烈酒，劝酒客不要多喝的意思。武松对此置若罔闻，他一边吆喝着掌柜的，一边不停地豪饮，然后奔着景阳冈而去。没想到真的遇上了老虎，武松也只能与老虎殊死搏斗，最后打死老虎。这是《水浒传》中非常有名的一个片段，出现在《水浒传》第二十三回，这段文字写得畅快淋漓，每每读来都令人激情澎湃。

日语有个成语，叫“水浒只看第二十三回”。说的是如果《水浒传》在手，就会不自觉地直接翻开那百看不厌的第二十三回。

《水浒传》中的英雄豪杰经常豪饮。有句话叫“斗酒不辞”，当时的“斗”相当于现在日本的“升”。有种说法，说当时中国酒度数较低，除非饮酒过量，一般情况下酒不醉人。还有一种说法，说白酒系列中的烈性蒸馏酒是元朝以后才在中国出现。

据说武松喝的酒叫“出门倒”，名字倒是骇人听闻，实际上好像也不是什么烈酒。

酒旗的传统也非常悠久，天理参考馆的展示品中就有十九世纪三十年代在北京搜集到的招牌藏品，其中就有酒旗。

这面酒旗上写着“天子呼来不上船”[1]这七个字。这是杜甫在《饮中八仙歌》中描写酒仙李白的句子[2]。

对那些不识字的好酒贪杯之人，怎样才能让他们知道酒家在哪儿呢?

这个答案也在《水浒传》中。花和尚鲁智深顺着酒家的标识——扫帚，不停地寻找酒家。那为什么酒家的招牌又变

1　范传正在《李白新墓碑》中记载说，玄宗泛舟白莲池，召李白来写文章，而这时李白已在翰林院喝醉了，玄宗就命高力士扶他上船来见。

2　《饮中八仙歌》中描写酒仙李白的句子是：“李白斗酒诗百篇，长安市上酒家眠。天子呼来不上船，自称臣是酒中仙。”

成了扫帚呢？

这是因为在苏轼那首脍炙人口的诗中，把酒称为“扫愁帚”[1]的缘故。

2005年9月20日

1　宋代大文豪苏轼在《洞庭春色》诗中写道：“要当立名字，未用问升斗。应呼钓诗钩，亦号扫愁帚。”后来以“扫愁帚”“钓诗钩”作为酒的代称。

因人而异的“声纹”

指纹正式用于调查犯罪事件是在二十一世纪以后。最早采用指纹的国家是英国，时间是在1901年，日本是明治四十一年（1908）之后才开始启用的。

当时正是英国作家柯南道尔的侦探小说主人公夏洛克·福尔摩斯风靡之时，其实那时人们基本可以确定指纹是没有完全一样的，而且也终生不变，但法律上尚未认可，所以小偷作案时也不必戴手套。

人们凭借经验和感觉知道声音因人而异，所以开始了世界性的“声纹”研究。据说发生在1930年的林德伯格爱子绑架案[1]中，就涉及声音记录的问题。指纹可以说是“万指不

1　美国飞行员林德伯格是第一个飞越大西洋的人。1932年绑匪绑架了他的儿子，尽管付出赎金，他的儿子还是被杀害。国会因此通过了以林德伯格名字命名的“林德伯格法案”。

同，终生不变”，但是声音却不然。男人有变声期，即使是同一个人，有时也会刻意大声说话或小声嘀咕。就像模仿声音，有人就有这个绝活，能做到惟妙惟肖地模仿他人声音。人有感冒鼻塞的时候，发出的也不是自己平常的声音。

我的朋友圈子里，开高健和九谷才一两人是有名的大嗓门儿。当我们以为他俩在吵架而前去围观时，结果两个人正津津乐道地谈论着钓鱼的事。有一次我对开高健说，你们俩堪称高音双璧，结果他做出意想不到的表情对我说：“即使同样是大嗓门儿，我和他可不一样哟！我的声音是有旋律的（音乐型），而他的声音只不过是杂音（噪声型）。希望你不要把我和他相提并论。”

当然这只是开高健一面之词，对站在中立角度的我而言，他俩的声音听起来都是如雷贯耳。

相对于指纹，声纹普及起来好像更难。但不久的将来，司法部门审判的时候一定会正式启用声纹。如果声纹用于司法，估计小偷作案时担心留下声纹，就会用胶带把自己的嘴粘上，再慢慢从口袋中取出事先写好的“把钱交出来”的卡片，然后递给被害人。在预防违法犯罪的问题上，我们也必须先行一步。

2005年9月27日

好书史中藏

林子平[1]是一位先知先觉之人。

他对俄罗斯南下忧心忡忡，于是著书《海国兵谈》，全书共十六卷，宽政三年（1791）出版。过去把出版书籍叫做“上梓”，因为以前印书需要使用刻有文字或图案的版木，这种版木，日本一般取材于樱花木或者黄洋木，而中国主要用梓木，因此出版一词也叫“上梓”。

这本《海国兵谈》因为触犯了幕府的忌讳，结果版木没收被焚，林子平本人也惨遭软禁。软禁期间他作了一首诗，后流传于世。

“无亲、无妻、无子、无版木、身无分文却仍无意求

1　林子平（1738—1793），日本学者。日本江户时代后期著名政治学者，与高山彦九郎、蒲生君平合称为“宽政三奇人”。

死”，是以，自号“六无斋主人”。

煞费苦心完成的巨著的版木被焚，林子平真是懊恼之极。版木作为作者的个人财产，江户时代就受到正式保护，也严禁复制。特别是一流的雕刻师雕刻的版木，其价格好像也极其昂贵。

《水浒传》里描写的主要是造反的故事，所以中国历史上曾多次把它列为禁书，一旦发现必然没收版木。现在大家看到的《水浒传》，曾几何时也都是秘密出版的。这本书有七十回和一百二十回两种版本。

七十回版本讲的是一百零八将逐渐集结在水泊梁山。他们都是反朝廷的，其中还有不少亡命之徒。一百零八将，可能源于佛教所讲的“一百零八种烦恼”。他们集结在一起之后发生的事，就是一百二十回版本的内容了。主要是接受朝廷的招安，被招安后又去攻打大辽，平定方腊起义。后来那些英雄豪杰一个个战死，最后只剩三十六人。

一般读者认为七十回版本更精彩。中国书店里卖的基本都是七十回版本的《水浒传》。

据幸田露伴介绍，由于这本书曾被视为历代禁书，如果被当局发现，一百二十回版本损失的版木太多，所以流行下来的基本都是七十回版本。

不过，值得一提的是，尽管当局没收并焚烧版木，但是经典之作必定会流传下来。《海国兵谈》如此，《水浒传》亦然。

2005年10月11日

罕见的钢笔手稿

主流的书写工具不知不觉就从钢笔、铅笔的时代发展到打印机的时代。这种潜移默化的变迁，不知道是源于何时，可能需要凭借个人的体验来推断。

我是从1988年1月开始尝试这种新的过渡性体验。当时我是直木奖评委，因为有上半年和下半年两次评选会，所以必须在每年的1月和7月进京。直木奖以长篇小说居多，而芥川奖则以短篇小说为主，而且规定所有获奖作品的手稿必须捐赠给日本近代文学馆收藏。

那次进京是评选出第九十八届芥川奖和直木奖作品。池泽夏树的《生活方式》获芥川奖，按惯例他的手稿也必须捐赠给近代文学馆。但是他的手稿全是打印稿，这可是芥川奖第一次遇到的难题。

一般说的手稿都是作者亲笔写的，近代文学馆收藏这样的稿件，其目的就是期望通过作者的手稿能让读者进一步感觉到作家的创作气息。但是打印稿违背了他们的初衷。相关工作人员也愁眉不展：“坏了，坏了，这可怎么办？”我知道的也就这些，至于后来如何处理，我便没再过问。

通过这件事我深深感觉到时代真的变了。这个时期也正是从昭和走向平成的值得纪念的历史转换期。昭和六十四年（1989）只过了七天，即从8号开始就是平成元年。我也默默地把这一年按自己的理解，记忆为打印机元年。

最应感谢打印机的想必是那些长期饱受作家拙劣文字之苦的编辑。每个出版社都有专人去破解因字迹潦草而读不出来的稿件，还把这个工作称为“日文日译”。当时有的作家特别热情，担心自己的文字无法被别人识别，就特意把手稿全部录音，然后再把手稿和录音一并提交给出版社。可是，出版社的编辑打开录音一听，到处都是“哎呀，哎呀，这是什么字来着？”结果是作者连他自己写的字都难以辨认。

现在所有稿件都是打印稿，我们这些只会手写的稿件反倒成了稀罕之物。

各个出版社的打印稿件虽然干净清晰，但是由于数量增多，似乎又给他们增添了新的烦恼。

2005年10月18日

由地震悟出写作之道

我在国外旅游时曾遭遇过大地震。

1986年8月10日，当时我们正在土耳其凡湖附近宾馆楼顶的露台上吃晚饭，这个露台倒也没有别的设施，我印象中好像只有桌子和椅子。这个宾馆坐落在农村，也就四层左右，宾馆的其他客人或是已吃完晚饭，或是去了其他场所，反正露台上只有我们旅游团的二十多人和五六个服务员。

地震发生时，只觉得服务员如脱兔般向楼下跑去，瞬间消失得无影无踪。据亲眼目睹当时场景的人回忆说，他们根本不是跑下去的，用跳下去来形容倒是恰如其分。

我们团是由国立民族学博物馆的松原正毅带队，一行中有几名学校的老师。地震发生时，这几名老师迅速钻到桌下，那一画面实在太精彩了，不愧为经常带领学生搞防震训练的老师，一旦发生紧急情况，马上就能做出正确的应急反应。

也不知道谁说了一句："上面不会再掉下来什么东西了！"这里是露台，周围也没有比宾馆再高的建筑物，如果真有东西掉下来，那只能是流星！

我这才从椅子下钻出来，因为第一次住这家宾馆，我也不知道出口的位置，只能等着剧烈的晃动平稳下来，好在地震引起的晃动马上就平息了。

第二天我们从宾馆驱车外出，沿途看到几栋房子已经完全倒塌。这一带的建筑物多半是用劣质的砖瓦堆积上去的，实在不堪一击。电视里我们看到巴基斯坦地震的现场报道，到处都是这种建筑，一旦坍塌，惨不忍睹。

提起地震，我常常把神户地震和土耳其凡湖的那次地震体验联系在一起。虽然地震规模不同，但给人的记忆都是刻骨铭心的。

我那本1986年的记事本空白处写着数字8：48，很长一段时间内，我都没搞明白这个数字的含义。现在终于想起来了，那是地震发生的时间。这就像学校的老师在地震发生的第一时间会神速地钻到桌子下一样，作为以著书为业的我，关键时刻会迅速看表，并把时间快速写在记事本的空白处。

教师也好，作家也罢，能以此为职业的人，都有一种天赐的本能吧！夸张地讲，此乃道也。

2005年10月25日

不时不食

《论语》二十篇中，第十篇的《乡党篇》，里面没有一句以“子曰”开头。这是因为这篇不是记录孔子及弟子的言行，而是描述公私生活、衣食住行以及与之相关的礼节的，说实在的，读起来确实百无聊赖。

甚至有的论语注解书里写道：“若觉得无聊，本篇可越过。”

——色恶不食。臭恶不食。（毋庸置疑）

——沽酒市脯不食。（不吃市上卖的酒和肉制品）

——不时不食。

“不时不食”这四个字有些蹊跷。有的古代典籍注释说，除了一日三餐，不格外多吃。可是朱熹的说法是“不食过季的食物”。

温室种植的蔬菜公元前就出现过。《汉书》中介绍了一位叫召信臣的人，他在竟宁元年（前33）当上太守，当时高官的菜园冬天种植大葱、韭菜等，菜地搭上棚顶后，再把四周围上栅栏，白天晚上生火，用埋在炭里的灰火维持大棚温度。这与时下的温室大棚如出一辙，可在当时实属奢侈之举。

召信臣觉得通过这种方法食用的蔬菜都是《论语》中所说的“不食之物”，有伤于人，于是他下令取缔。仅此一项，据说每年就为朝廷节省数千万银两。

召信臣死后，朝廷亲自为他立祠。

《论语·乡党》还明示了就寝的方法。

——寝不尸。

“尸”是尸体的意思，是指面朝上，伸直手脚。这句是说，人睡觉时不能睡成“大”字形状。正确的就寝方法是双脚稍微弯曲并拢而侧躺，据说这个睡姿还可以避免打鼾。

我觉得硬着头皮最好也要把这篇读完。像马厩失火的故事（马厩起火时，孔子没问马是否被烧死，而只是询问人员是否安全）也源于此典故。这篇甚至还介绍了火灾的应急知识。

2005年11月8日

悄无声息地改用阳历

明治五年（1872）之前，日本一直使用太阴太阳历（通称阴历）。明治维新之后，当时的有识之士已经意识到使用太阳历（通称阳历）是时代发展所趋，因此旧历换新历只是时间早晚的问题。那么具体什么时候是最佳时间?

日本事先也没有普及这方面的知识，就突然规定把1872年12月3日算作阳历的1873年1月1日。真是丈二和尚摸不着头脑，老百姓曾骚动一时。

阴历是根据月亮圆缺来计算的，一年中比阳历少一天。于是每三年增加一个闰月，那一年就是十三个月。而明治六年（1873）正好多出了一个闰月。

本来政府应该给官员发十三个月工资，可实际上只发了十二个月就蒙混过关了。我也不知道其中的原委，难道这样政府就能省钱？后来我在参与修改历法的大隈重信先生的回忆录中看到，就是因为对政府来说这样做合算，所以才在这一年改成了阳历。

总感觉政府不做任何铺垫，悄无声息地就把阴历换掉，老百姓对政府的政策有所质疑也是无可厚非。不过，能早日采用世界通用的阳历，确实也说明日本高层有先见之明。

1894年甲午战争爆发，中日两国同一天宣战。关于宣战日期，日本的诏书上写的是1894年8月1日，而清朝政府的诏书上写的却是1894年7月1日。

神奇的是那一年正是新旧日历更换之年，正好差了一个月。

中国正式启用阳历是在1912年元旦，其前一年的1911年10月10日（阴历八月十九）是武昌起义成功之日，也是辛亥革命的开端。

孙文在中华民国临时政府大总统的就任仪式上宣读的誓词，日期是“中华民国元年元旦”。这在阴历上相当于前一年（宣统三年）的十月十三。这份誓词的副本当时也制作了几个试用版本，其中一份的日期是额外用纸粘上去的。把贴纸撕下来一看，下面写的是“黄帝纪元四千六百零九年”的字样。可以看出，中国人还是很看重元号，甚至都想到把中华民族的远祖“黄帝纪元”用来做候补备用。

2005年11月22日

薄如纸张的高价茶杯

英国是饮茶之国。喝红茶是先放牛奶还是先放茶叶，这都能成为大家津津乐道的话题。看来还是闲人居多，过得悠闲。

景德镇生产的陶瓷中有纸瓷和卵幕，如名所示，两种陶瓷薄如纸张和蛋壳。当然价格不菲。过去景德镇曾经生产一些皇帝喜欢的小玩件，叫“内廷密玩”。其中特别的一款陶瓷茶杯叫“古月轩”[1]，皇帝赐给周围的亲信，才得以流传于民间。当然，这种小玩件的价格也令人咂舌。十八世纪后期，英国出现了乔舒亚·威基伍德制作的极其昂贵的英国女王御用陶器，这种陶瓷和古月轩的茶杯一样，仅仅放在那里

1 据《词源续编》记载，清乾隆时，苏人胡学周设窑制瓷瓶、烟壶等，自号“古月轩主人”。乾隆南巡，见而好之，遂携之至京使管御窑，仍用“古月轩”之名。

就令人心驰神往。据说这种茶杯也根本不是用来喝茶，只是用来欣赏。

既然茶杯薄如纸张，人们必然担心如果稍不注意就会破碎。实际上，纸瓷比普通陶瓷更坚固，一般不易破碎。但看上去精致到“薄如蝉翼，轻若绸纱”的程度，所以令人不由得谨小慎微地轻拿轻放。主张先放牛奶后放茶的人可能认为：突然把开水倒进昂贵的纸瓷杯里，杯子容易瞬间碎裂，所以还是先在杯里倒入牛奶更稳妥。

马可·波罗在中国逗留的期间正值元朝，元朝之前是茶文化处于鼎盛时期的宋朝，按理说宋朝沿袭下来的饮茶习惯也会在元朝盛行。而且元朝那些来自草原的游牧部落，饮食以肉食为主，也应该缺乏维生素C，所以中原的汉族人曾经忠告他们：“你们应该多吃蔬菜。”而游牧部落回答道：“蔬菜？羊群每天都在吃草，我们吃这些吃草的羊，不就等于吃蔬菜？况且我们每天喝很多茶，完全没问题。”

马可·波罗不论到哪儿，按理说都能看到饮茶的人。但是他的《东方见闻录》中却完全找不到这个话题，很多人对此产生过质疑。本来对欧洲人什么时候开始饮茶就有不同说法，有人说是始于十五世纪末瓦斯科·达·伽马发现好望角航路。但是这个时代比马可·波罗来中国晚了二百多年。

马可·波罗回国后，因卷入威尼斯和热那亚之争的海战而被俘入狱。狱中他把旅行见闻讲给作家鲁斯蒂谦听，而执笔者鲁斯蒂谦不知茶为何物。可能马可·波罗提到了茶的话题，只不过是作家把自己不知道的事情给省略了罢了。

2005年12月6日

无畏战列舰和大舰巨炮主义[1]

我家在神户，小时候从窗户就能看到对面川崎造船厂的船坞，那里好像还是大型船只专用的船坞。记忆中的“图南丸号”、“日新丸号”捕鲸船只就是在那里建造、维修的。有时军舰也会在短期内驶入船坞，可能也是进行维修。

每当军舰驶入船坞时，定期巡逻的特高警察[2]就会制止我们说：“你们不要死盯着看！”但毕竟我们都是小孩，再怎么被人训斥，也还是对军舰万般好奇。我问父亲：“是不是也不让别人家的孩子看呢？”父亲满脸不悦地答道：“外国人和殖民地来的人才不能看！”

1　大舰巨炮主义是第二次世界大战前世界各国海军发展的主流。要赢得海战，就要有比对手更大吨位的战列舰，搭载更多的、比对方口径更大的火炮。这是那个时代海战决胜的不二法门。

2　全称为“特别高等警察”，简称为“特高”，在旧制中，主要是对付意识形态领域犯罪的警察，成立于十九世纪末二十世纪初。

现在想来，我的童年时代正是各国军备竞赛的狂热时期，日本海军煞费苦心地建造大舰巨炮，终于建成了世界最大规模的“大和号”和“武藏号”战舰。在这些不可一世的战舰建好之前，少年杂志的小说里就出现了不沉战舰“高千穗号”，简直就像为即将问世的“大和号”和“武藏号”做预告。

到二十世纪初，日本的“三笠号”战舰已经成为世界上最大最强的军舰。这艘军舰于1902年在英国的维克斯公司建成。1905年5月，在日俄对马海战中它大破俄国波罗的海舰队，成为日本联合舰队的旗舰。该舰重一万五千一百四十吨，速度为每小时十八海里。之后英国1906年又建造了“无畏号”战舰，该舰重达一万七千九百吨，采用了蒸汽轮机驱动，速度为每小时二十一海里。此后很长时间内再也没有出现凌驾于“无畏号”之上的战舰。自从取名“无畏号”，同型号的战舰都被称作“弩级”战舰。

《英汉词典》（牛津版）里写着：取无所畏惧之意，故为“无敌战舰”。

“无敌号”战舰以及“弩级”战舰独霸天下的时间并不长。1912年英国又打造出“猎户座号”战舰，在攻击、防御等领域都比“弩级”更胜一筹。

那么超过“弩级”的战舰又该如何称呼？可能是考虑到逐一更换战舰名称很麻烦，所以后来的新型战舰都叫“超弩级”。用英语表示的话，前面加一个“super”就行。

至此，日本从外国订购军舰的时代基本告一段落，“金刚号”是日本最后一艘从英国订购的“超弩级”大型主力舰。

“超弩级”本来日语写做“超ド級”，但是人们煞费苦心找个比较难写的“弩”字，就是想把那种大舰巨炮主义表现得淋漓尽致，你们觉得呢？

2005年12月13日

生死观折射出的懊恼

撰写历史小说，最重要的是作者参考历史上同一时代人的纪实，然后将自己作为一介百姓置身于历史长河之中，身临其境地感受当时的社会，这样写出来的作品远比单纯整理史书更有价值。与此同时，还可以作为一个局外人，观察到一些历史人物连其本人都不曾悟彻的、被时代戏弄的细节。

我撰写第一次鸦片战争（1840—1842）和太平天国起义（1851—1864）等题材的史书，就曾大量参阅了当时一些名人的纪实。比如，历史上有一小有名气的学者，叫王士铎[1]，他的日记在他死后约半个世纪才被发现，这就是1936年出版的《乙丙日记》。

1　王士铎（1802—1889），清末历史地理学家。主要著述有《汪梅村先生集》《乙丙日记》《梅翁笔记》等，其中《乙丙日记》是一部主要谈人口问题的著作。

太平军占领南京时，汪士铎被拘留达十个月之久，之后越狱逃生，在其后的五年，他迫不得已辗转流亡到安徽。他的子女颇多，据说是一男八女。他离世时，只剩下了三个女儿，其他孩子基本都在乱世中丧生。据他记载，早死的孩子叫夭折，男性夭折，指的未满五岁之死，而女性夭折，指的是未满十岁之死。

女性二十岁前之死为“正”，意思是女的死于二十岁，也算正常。而男性五十至六十岁之死才为正常，男女不平等的意识可窥一斑。“甚”为三十岁女人之死，这是不是意味着女人能活到三十岁就是一件非常了不起的事情？

四十岁女人之死为“变”，难道想说女人活到这个年龄就等于变成了妖魔？五十岁女人之死为“殃”，辞典里解释其意为“祸害”“罪过”。用在五十岁的女人身上，似乎在暗示，已经活得太久了，会遭到上天惩罚。六十岁女人之死为“魅”，跟魑魅魍魉这些表示妖魔鬼怪的字意差不多。女人七十岁之死为“妖”，八十岁之死为“怪”。

而男人寿终正寝应该是五十至六十岁。七十岁男人之死为“福”，八十岁之死为“寿”，九十岁之死为“祥”，百岁之死为“大庆”。

读到这里，各位女士想必已经按捺不住内心的愤怒！我想王士铎在写下这段内容的时候，肯定泪崩。因为他那些可怜的女儿接二连三地死去，他就给自己起了一个叫“悔翁”的别名，还用过“无不悔翁”（皆是悔恨的老翁）这个字号。可想而知，那该是何等的沮丧与懊恼！

2005年12月13日

上下级关系与“左右”关系

相扑界曾有一个时期由一个人独霸横纲宝座，因为当时就只有一个东横纲，西横纲则一直空缺。正如同我们常说“东西南北”，“东”居首，意味着“主”，其余皆为“次”，位居“东”之后。

清朝咸丰帝（1851—1861年在位）的皇后无子嗣，便把侧室的孩子奉为皇太子，即后来的皇帝。虽然这个皇帝的嫡母就是咸丰帝的皇后，但生母另有他人。咸丰帝之后是同治帝（1862—1874年在位），就等于他有两个母亲，两个母亲也都被立为皇太后。嫡母是东太后，生母是西太后，这就是清末的风云人物——女杰西太后。

东太后不久病亡，坊间传说她是被西太后毒死的，这个说法令人难以置信。东太后比西太后小两岁，原本就体弱多病，也曾几次发病，这在宫内也不是什么秘密，而且据说两位太后关系相处得还算融洽。

东与西，表现在相扑界或者东太后与西太后的关系上，其地位关系十分明显。可是左与右哪个为上的问题，因时代不同而异，不能一概而论。

日本的律令制度是模仿唐代“尚左”而制定的，即左大臣的地位高于右大臣。除了元代有些例外，唐代以后一直都是“尚左”（尊左）。

不过汉代以前的原则是“尚右”，即“尊右”。由此得知，“左迁”这种说法始于汉代以前。“尚右”的时代的“左迁”，意味着被贬谪发落到远离权利中心的偏僻地方，因此被左迁的官员也称作“左降官”。所以当官的在仕途上为了能奔右而去，都是想方设法煞费苦心。反之，“出右”（右升）这个词，如果出现在尚右的时代，那也是顺理成章。

现代是一个“尚左”的时代。左大臣位居右大臣之上，所以被左迁就意味着接近权利中心，当属“荣升”之事。这时的“出右”意味着远离权利中心，如果“出右”也走到了尽头，那就意味着只能被打入官场的最底层。为此当官的为了高升，都会争先恐后，奔左而去。

到底左右哪个为上，也都是人类的任意妄为。但是一个词一旦形成了固定的含义，就难以轻易改变，“左迁”就是证据。

2005年12月27日

啊！可怜的狗

日语有一个汉字是“犬”字上加一瞥“ㇷ”，字形为“祓”这个字的右半部分。

乍看这个字，就有种“狗死于一刀之下”的感觉。古代为了达到个人目的，不惜以牺牲狗为代价的事情很多。殷代（前1046年灭亡）古墓被发掘的时候，出土的殉葬品中就有狗或者牵着狗的士兵。

人类有与生俱来的生理弱点。比如，与其他动物相比，人的嗅觉明显退化。人类祖先最初曾靠四肢爬行，后来又逐渐用两腿直立行走。四肢爬行的时代，鼻子贴近地面，所以嗅觉应该相当敏感。而直立行走后，鼻子远离地面，靠闻气味辨别周围情况的能力逐渐退化，渐渐地也就变得“对气味不那么敏感”了。于是就得借助味觉敏感的动物，便想到了狗。人们去一个不熟悉的地方，一定要带上狗。“极乐世界”对人类来说也是第一次去的地方，所以要带狗做向导，因此被安葬的人一般都带狗殉葬。于是就出现了这个“犮”字加上表示祭祀的“示”字旁，就是“祓”字，是祓出不祥、驱除妖魔的意思。

远行或者出门征战都是去“陌生之地”，没办法都得借助狗的力量。但是狗有时跟人类共赴黄泉，不是被埋于地下，而是活生生地被车轮碾轧而死。这样做的原因，是因为狗在死亡过程时会流出鲜血，而鲜血被视为具有清洁新事物的神奇功效。《大汉和辞典》中，“落”这个字条有很多解释，其中有一种解释就是“新制的钟要涂血”。人们认为新东西上涂血，能起到净物的作用。因此，建成新的宫殿、寺院，就叫“落成”“落庆”，就是取“落”字的这种用法。

人类利用狗忠诚温顺的特点，做了很多暴戾无情的事情。不过以前还有另一种说法，说是狗一直在糟践人类。传说狗靠两腿如疾风般奔跑，见到人就把人咬死。束手无策的人们开始想办法惩罚狗，他们把烧得烫人的果实种子，撒在狗出没的路上，两腿走路的狗踩到烫人的种子，“哎呀呀”地叫着便应声倒下，结果把双手烫焦，再也起不来了，后来就变成四条腿走路。

这个传说是南方熊楠在《十二支考》中介绍的，他在书中标出了典故的出处，据说源自乔治·布朗的著作。

2006年1月10日

随烟消逝的历史资料

第二次世界大战后——在刚刚停战的8月15日、16日前后，广播里刚播放完被称为“玉音放送”[1]的由日本天皇宣读的《终战诏书》，美国大兵还没有“进驻”各地，就在这个时候，被空袭烧焦的城市一时间忽然烟灰四起，人们慌忙焚烧那些免于战火的文书。

因为政府有指示：“尽早处理掉被美军发现后会惹麻烦的文书。”这些指示大概不是通过公告发布，而只是口头下达的命令。

老百姓当然不知道政府所说的“会惹麻烦的文书”具体是指什么书，所以只要是书，能烧的就都烧了。当时日本各地肯定被这件事闹得狼烟四起。有些一文不值的东西被烧成

1　由于日本天皇的声音首次向日本普通公众播出，故称“玉音放送”。

灰烬倒也不足为惜，但是这四处的灰烬中也包含了很多珍贵的历史资料，想必有不少人为此一直遗憾至今。

世界各国都有收藏公文的文书馆，它类似于医疗机构的病例。医生给患者看病时，有时需要参考患者过去的病历。国家亦然，一旦发生什么事情，那些政治家就必须参考过去的案例。这时以前很多记录就会派上用场，公文书等珍贵史料绝不能轻易付之一炬。

近代文书馆最发达的国家当属法国。为了能把1789年至1794年法国大革命时期的文书和有关历史记录保存下来，法国政府特地制定了设立国立中央文书馆的法令。若干年后的1821年，又设立了国立古文书学校，专门培养文书馆馆员。英国和德国也都有类似的文书馆，但是正式开展这项工作还是在第一次世界大战之后。在经历了一系列的革命和战争之后，人们越发祈祷着历史的悲剧不再重演，因此在史料的记录和保存方面格外加大了投入。

中国也积累了大量的文书。中国把政治、行政文书统称为“档案”。位于北京的中国第一历史档案馆里，有明、清古文书约一千万件。南京的第二历史档案馆里收集的基本是辛亥革命（1911年爆发）之后的文书。中国台湾的台北故宫博物院也收藏了相当数量的文书，都还处在“整理中”的状态。辛亥革命后，有不少慷慨激昂的声音：“帝政时代已经结束，要烧毁一切旧的文书。”那些历史文书险些被焚为灰烬。千方百计制止此事的是学者罗振玉[1]。

2006年1月17日

1　罗振玉（1866—1940），中国近代农学家、教育家、考古学家、金石学家、敦煌学家、目录学家、校勘学家、古文字学家，中国现代农学的开拓者，中国近代考古学的奠基人。

“共同体”之梦

“西班牙”的国名在清朝文献中多半标记为“日斯巴尼亚”，它取自西班牙的英语发音“Hispania”，我倒觉得清朝的标记更接近原来发音。如何标记倒也无妨，但是使用略称时，这个词就变成了“日国”，容易令人误解。因此一些认真负责的文献上就会特意加注：“日国非日本之国。”

清朝当时不使用“大使”或“公使”这样的名称。派出的驻日公使，就称为“出使日本大臣”，就是说是到日本办事的大臣。清朝从1875年开始向各国派驻外交官，查看其名单，就会发现1875年日本一栏是空白的。第二年记载的是何如璋公使12月份赴任，可当时清朝的历法还使用阴历，这时如果按阳历计算就相当于1877年。

何如璋即将赴日任职，正赶上日本爆发西南战争[1]，无奈他就一直等到战争结束才去赴任。西乡隆盛[2]是1877年9月自杀的，清朝派出公使应该是在这个时间之后。

日本于明治三年（1870），首先试探性地向清朝提出两国建交之事。据清朝资料记载，遭到时任首席军机大臣的恭亲王奕䜣的反对。但是刚上任不久的直隶总督李鸿章给恭亲王送去书函，主张应该与日本睦邻友好，所以同意第二年与日本使节伊达宗城[3]举行会晤。李鸿章书函的大致内容是现在日本受英、法、美等诸列强欺凌，清朝应该“宜先通好，以冀同心协力”。当然和日本友好合作的目的是为了避免日本成为西人（西洋人）的外府（在外基地），首先考虑的还是清朝的利益。当然任何国家的统治阶层理应最优先考虑国家利益。

仔细研究李鸿章的奏稿便可知道，日本因“西乡叛乱”

---

1 发生于1877年，是明治维新期间平定鹿儿岛士族反政府叛乱的一次著名战役。西南之役的结束，亦代表明治维新以来的倒幕派的正式终结。

2 西乡隆盛（1828—1877），日本江户时代末期的萨摩藩武士、军人、政治家，被称为“维新三杰”之一。后来成为倒幕运动的领导者。兵败西南战争之后剖腹自杀。

3 伊达宗城（1818—1892），幕末时代的大名，宇和岛藩第八代藩主，明治维新时期的政治家。

提出借用百万发枪弹，是李鸿章首先同意给他们送去十万发。这件事情过去约二十年后，日本与清政府交战，李鸿章作为清朝代表前去签署媾和条约。这时，李鸿章在中国国内的政敌就借机辱骂他是被日本收买的卖国奴。其根据就是送给日本枪弹，以及把他儿子李经方任命为驻日公使。

李鸿章就是希望把日本纳入其内，来实现他的东亚共同体的梦想，同心协力是当时的共同口号。但是与东亚共同体的梦想相比，日本更大的野心是加入欧洲列强之列。

2006年1月24日

日本堪称保存古书的仓库

明治十年（1877），清朝外交官何如璋去日本赴任，他也是第一任赴日公使。他去日本主要有两个任务。其一是琉球问题，琉球处于日本（明治以前是萨摩）统治之下，可名义上以琉球王国之名，接受清朝册封，并向清朝朝贡才可以进行贸易活动。何如璋赴日是想把琉球的两属关系彻底做个了结。日本实际上统治着琉球，清朝也不敢断言把琉球作为自己的属国。

何如璋的另一个任务是通商。在通商的背后，还有一个鲜为人知的任务，就是中国在外公馆特别重视购买"古书"。

大家知道，黄侃所著的《论语集解义疏》作为《论语》的注解书非常有名。诸多与《论语》有关的书籍，都会频繁地解释说"《论语义疏》是这样解释的""黄侃是这样描述的”等。可实际上却没有人看到过此书，这是因为它很久以前就失传了。可是在日本足利学校[1]，《论语集解义疏》却意外被发现了。在宽延年间（1748—1750），根本逊志对此书进行校正刊刻，使其重新传回了中国，被收于《四库全书》，曾名噪一时。此后日本善于保存古书的美谈便传及开来。

何如璋把对古书造诣颇深的学者杨守敬（1839—1915）带到日本，让他在日本搜集和购买古书。除此之外，很多专业书商也聚集日本，在日本各地购买中国图书，其中还有不少人因此发了大财。日本文明开化，所以当时有一股风气，就是便宜地甩卖旧书，这让来自中国的书商欣喜若狂。他们把买到的书拿回中国复刻出售。

前几年，我在北京买了一本《两朝平攘录》，里面描述了丰臣秀吉率领的日军在朝鲜被击退的情形。当然是复刻版，买回去后我就在宾馆里翻阅，才知道其书的最初版本是明治初年在日本发行的。因为书上附带着对中国人来说不必要的读音顺序符号，说明中国的书传到日本后，又被日本人按照日语读音顺序重新加了标注。

1　足利学校位于栃木县足利市，是日本最古老的学校，被指定为日本国家文化遗产。

上面提到的杨守敬在日本逗留了四年，收购了大量的中国图书，他自己也编著了共十六卷的《日本访书志》。同时，他作为书法家也享有美誉，去日本时带去了很多拓本，日本的书法家严谷一六、日下部明鹤等人都是通过他的拓本掌握了北魏的书法，为日本书法界做出了贡献。

2006年1月31日

我与“有礼”有缘

日本第一任文部大臣叫森有礼。我和他有缘，知道他在叫“有礼”之前还有另外一个名字——他年轻的时候，人们都叫他“金之丞”。庆应元年（1865）他奉藩府之命去英国留学。他是萨摩藩士，去英国学的好像是测量，当时年仅十八岁。

森有礼是明治维新以前去的国外，所以自然就成了日本文明开化的先驱。明治六年（1873），他从英国学成归国，在他的倡导下成立了“明六社”，进行启蒙教育。森有礼任明六社的社长，福泽谕吉也在其中。

森有礼总是走在时代的前列。当时还是武士腰上佩带两把武士刀的时代，他就大胆提倡废刀主张，可是由于赞成者寥寥无几而告终。没想到几年过后，武士们自然而然地放下了刀。

森有礼认为订婚是合理的。他按自己的意愿先签订婚约，然后结婚。结果后来他还是离婚了，与岩仓具视的女儿再婚。

他去神社祭拜，好奇地问里面祭祀着什么，边说边掀开祭神的帐幕往里窥视。有人对此愤慨不已：这难道仅仅是蛮横之举，而不是在有意亵渎神灵？

1889年2月11日，是纪元节[1]，也是个特殊的日子，这一天是日本人盼望已久的《大日本帝国宪法》颁布之日。前一天晚上的东京银装素裹，由政府举办的颁布庆典在宫中正殿的大厅举行。上午十点半，明治天皇就坐在会场专设的宝座上，黑田清隆首相以及其他阁僚也都到位就坐，而此时偏偏没有森有礼的身影。就在这天清晨，森有礼大臣遭到国粹主义歹徒袭击，身负重伤，次日去世。

历史上明治宪法颁布之日，竟发生了这样的流血事件！

有种由文人出演的戏剧，叫“文士剧”[2]，现在早已失传。当时的演出是由文艺春秋社举办的。昭和十五年

1　纪元节是日本祝祭日中四大节（纪元节、四方节、天长节、明治节）之一，第二次世界大战后被废除，其后改为日本建国纪念日，为2月11日。

2　日本的作家、剧评家、新闻记者、画家等专业演员以外的文人出于个人兴趣而聚在一起上演戏剧，被称为“文士剧”，是业余戏剧的一种。

（1940）的文士剧演的是直木三十五的《南国太平记》，这是幕府末期的剧目。有人劝我参演，我一看剧本，有个角色台词最少，觉得不妨一试，便欣然应允。我演的那个角色就是金之丞，即年轻时代的森有礼。说是年轻时，他死的时候也不过四十二岁。

2006年2月7日

逃，还是不逃

有句话叫“君子不近其危”[1]，这并非出自典故的名言。名言之所以成为名言，就是大家若对一些话有认同感，时间长了，自然而然就成了谚语，不需非得凭借《论语》《史记》等权威书籍的力量。其实语言就是靠语言本身的力量流传于世的。

也不知道出自谁之口，说是遇事逃跑时为了避免尴尬，最好用上“君子”这样容易被人接受的名词，那么本来尴尬的行为，听起来就会显得冠冕堂皇。比如，“三十六计，走为上计”就是类似的说法。

“三十六”意味着数量之多，一年有十二个月，以此为基准，十二的三倍就是三十六，而且三十六的三倍是一百零

1　也说“君子不立于危墙之下”，出自《孟子·尽心》。讲的是做人的道理和方法。一是防患于未然，二是及时远离危险境地。

八，众所周知，《水浒传》中的英雄豪杰就是一百零八将。有些词并不完全跟古籍说得一样，只是极其接近古籍里的说法。

“三十六计，走为上计”这个表述源自正史《南齐书·王敬则传》。王敬则（498年去世）是南齐的重臣，后来谋反。谋反初期，南齐政府军连战连败，四处仓皇逃窜。王敬则因此嘲笑他们说：“你们作战军师只教会你们逃跑吧！”这本书里就用了“三十六计，走为上计”。即三十六计策逃为先。南齐军队一直在退逃，但最终结果是王敬则战败而死。两军对垒，岂能蔑视嘲笑敌方。

计策虽多，但如果真觉得危险，那最好还是退逃或逃跑。反之，在没有危险的情况下，遇事却总想着逃跑，实不可取。

也有诸多意思与之相反的格言。

“不入虎穴，焉得虎子？”虎穴是老虎窝。这句话的意思是：绅士如果摆出“君子不近其危”的架子，就不能抓到虎子，即不能立下战功。原文出现在比较正规的史书《后汉书·班超传》中，据说出自班超之口。

除此之外，还有《论语》中孔子说的：“见义不为，无勇也。”孔子是个文人，他不主张暴力，但也告诫人们，人生也有不能逃避的时候。

2006年2月14日

与年轻时的自己重逢

一个世纪（百年）的四分之一是二十五年。对我来说，距今四分之一世纪之前，大约也就是1980年前后，自己当时是个什么样子？想来就觉得挺有趣。可能有人会觉得，既然那么感兴趣，翻一翻过去的老照片不就知晓了？但是特意把老影集翻出来，我还真是懒得动弹。意想不到的是我竟然在电视上还真的与二十五年前的自己重逢了。

最近NHK（日本放送协会）电视台播放了一套新节目——《新丝绸之路》，之所以加一个“新”字，是因为四分之一世纪前曾做过《丝绸之路》这个节目。当时申请去中国边境很难获批。而NHK制做的这套节目能把观众带到未曾涉足之地，所以博得了广泛好评。摄制组在丝绸之路中国地段拍摄了一年，节目播放后反响很大，于是接着又到中国境外的丝绸之路遗址拍摄一年。节目组任命井上靖、司马辽太郎和我等几个人为节目顾问，与摄制组一同前往。第一次出发的场景设定在西安，我出现在镜头前，接着马上又登上钟楼，激动地对着镜头说：“现在开始，向丝绸之路进发！”《新丝绸之路》放映之际，NHK又把二十五年前拍的片子重播了一遍。于是，这时电视上就出现了二十五年前的我。当时我还年轻，也没有现在这么多白发，五十岁毕竟是人生精力充沛的大好时期。

实际上那个画面是重拍的。这个持续一年的节目拍摄初期，我一直表现得过度紧张，所以电视画面里的我，看上去好像在刻意控制自己的感情。

摄制组的人对我的要求是，希望你的声音能表现出很激动、很兴奋的心情。

可能是我想竭力克制自己原本非常激动的心情，才表现得不尽如人意!

早知如此，我毫无掩饰地把当时自己的感情表现出来就好了。可事到如今，再也不能重回当时激动人心的场面。那天，事先大约喝了二十分钟茶，才终于达到重新拍摄的最佳状态。但现在仔细看着重拍的画面，还是觉得没有做到尽善尽美。

“气血方刚，略带幼稚。”

看到四分之一世纪前自己的样子，联想起当时发生的一切，一份迟来的反思不断地萦绕在我的心头。

2006年2月21日

童年时代留着辫子的父亲

我出生在日本，但我有两个故乡，一个是父母的故乡中国台湾，另一个是自己的出生地日本神户。因此说回老家，就必须说清楚是哪个老家。我懂事之后也只是小学三年级的春假和中学二年级的暑假回过台湾，仅此两次而已。

我回到台湾已是二十二岁，当时我父母还在神户。父母的故乡在台湾新庄，是一个人口约一万人的城市。我在这里教书，城里有识之士基本都是我父亲在公学校读书时的学长或学弟。台湾日据时期，日本儿童读书的学校叫小学，台湾人读书的学校叫公学校。儿童在上学之前基本都不会日语，需要进行特殊教育。公学校的老师基本都是日本人，台湾老师极少。父亲是在台湾沦为日本殖民地那年出生的，父亲进公学校读书的时候，日本占领台湾还不到十年。同龄的孩子去学校读书的也是少数，好像一般都不读书，在家给父母打下手，过早地干活儿了。不过也有的家庭并不是因为家境贫寒，而是家长不让孩子去公学校，他们觉得“去了公学校，就不学汉文，倒不如在家里教孩子学汉文”。

战后回台湾探亲的时候，我拜访了父亲在公学校时代的恩师，听恩师讲了许多关于我父亲的事情。我说的恩师是一位台湾女老师，只不过比我父亲大十岁左右。她把父亲班级的照片拿给我看，那可是我以前从没看到过的照片。

“你看！你父亲小时候多可爱啊！”她指着童年时代父亲的照片对我说。

公学校低年级的父亲那时留着辫子，不足十人的同学中，半数是留辫子的。

那时候留什么发型都比较自由。有的家里有从大陆来的亲戚，他们看到不少光头的小孩，就会哭着问：你们怎么都把孩子送到寺庙了？

清朝（1911年以前）规定男人有义务留辫子，除了出家人或秃顶的人，不留辫子会被处以刑罚，所以大陆来台湾探亲的人，就把光头的小孩当成了寺庙里的小和尚。因为当时很穷，所以经常有人把自己家孩子送到寺庙里去当和尚。大陆来的亲戚哭着问：“怎么会穷到如此地步？”所以父母没办法，就让孩子继续留辫子。我向父亲提起这段往事，据说后来辫子终究被淘汰，小学毕业时，他们班同学也全剃成了光头。

2006年2月28日

“改名”带来的麻烦

人们长期耳濡目染的人名、地名或建筑物名，突然莫名其妙被改掉，这倒真是一个棘手的问题。自己存取钱的银行跟别的银行合并，按惯例好像合并后新银行的名字得把原有两个银行的名字都加进去，这样还勉强能接受。但如果三四家银行合并，新银行的名字里又是罗马字又是平假名，那就有点莫名其妙，令人费解了。

最近许多学校合并，不过我一直清楚地记得我的母校在两校合并之前的名字。我小学三年级转校，新学校和我原来的母校后来合并，我觉得两校合二为一可以接受。可是后来我们学校继续跟别的学校合并，校名也由汉字变成平假名，导致我对学校的感觉好像越来越淡薄。

地名都有其来历，但是有时地名一旦被符号化，就会遭到居民的抗议。地名的符号化，多半都是从行政管理的角度考虑的，给人的感觉就如同封建时代绝对权威者的一声令下不得已而为之。

当年鉴真和尚在其故乡扬州大明寺传戒讲律，因受日本僧侣之邀而东渡日本，时值日本天平胜宝五年（753）。扬州大明寺始建于南朝宋大明年间（457—464），因而得名大明寺。可是到了清朝乾隆三十年（1765），乾隆帝在大明寺匾额上亲笔题书“法净寺”，这就意味着大明寺只得照此改名。

大明寺自建成以来的一千三百年，一直沿用这个寺名，“大明”两字本无罪，皆因天子一声鹤唳——“乾隆的一笔”，迫不得已改为“法净寺”。前王朝明朝的“明”字加一个“大”字，大明寺的名字，对清王朝来说觉得很没面子吧！可实际上刘宋就有年号为大明，明代九百多年之前就一直沿用，两者并无关联。

1980年唐招提寺的国宝鉴真和尚坐像从日本荣归故里扬州。4月19日在扬州举行法事，我作为随行人员前一天也抵达扬州。法净寺决定在法事当天把寺院的名称由现在的法净寺改回原来的大明寺。寺额以及其他所有跟寺名有关的，都要相应改回去。改名定于4月20日，无奈只能提前一天在新改好的大明寺的匾额上，贴上写有法净寺的白纸，等到第二天时辰一到，再把上面的白纸一揭，露出“大明寺”字样，新名字就算改完。乾隆的一笔之咒，终于以这种形式被解除。

2006年3月7日

孩子怕生，只是母亲的想法

上小学前，我是一个非常怕见生人的孩子，现在想来可能是我的自我保护意识过强。本来没人愿意搭理我这样的小孩，可我却觉得世界上的人都在关注着我，因此非常害羞。幼年的我就是个性格极其腼腆的孩子。

如果家中来客，我就会藏身于壁橱，能坚持几个小时躲到里面不出来。我们家是大家庭，少一个人谁也不会发现。家里十个兄弟姐妹（七男三女）中，我排行老二。我从出生时就不那么惹人注意，可自己也偏偏刻意保持低调。

平时被人淡忘倒也无妨，可吃饭时不叫我，那真是饥饿难耐。我们家人都在中式大圆桌上吃饭，不起眼的我被遗忘的概率很大。为了一口吃的，我只能主动现身，刷自己的存在感。上学以后，再怎么腼腆，我也算是交了几个朋友。当我请他们来我家玩时，我母亲惊讶不已，好像觉得不可思议：腼腆的孩子还能交上朋友？对母亲来说，孩子永远都是长不大的婴儿，确实如此。

我也是按照自己的方式，努力改变自己腼腆的性格。比如在学校大胆地举手发言等。在别人看来就是一个极其普通的孩子，可在母亲眼里，我依然是一个有缺憾的、棘手的孩子。

我成为职业作家以后，母亲好像终于放下心来。她的理由是："作家整天在家写稿子，不用跟别人打交道，这工作太适合我儿子了！"可是当我外出讲演的时候，母亲又说："我才不信呢，他怎么敢在那么多人面前讲话呢？"于是我妹妹说："那你亲自去看看哥哥的讲演不就知道了？"正好我在神户当地讲演，就把母亲带去了。

我母亲根本不懂日语，但是当她看到我在台上镇定自如地讲演时，她虽然满心疑虑，但最终还是频频点头认可。藏身于壁橱的那个懦弱的孩子跟眼前站在讲台上的人就是同一个人，母亲一开始还真的难以置信。

2006年3月14日

一片冰心在玉壶

电视里看到花样滑冰的精彩表演，我真觉得这就是冰上的精灵在娇娆地起舞，不觉间垂涎三尺，如醉如痴。说来有些肤浅，一想到冰，我能联想到的只是童年在满大街的摊位上经常可以买到的刨冰。

中国文学中提起冰的印象，“晶莹剔透”的感觉要远远强于“冰凉刺骨”。选择“冰”作笔名的中国女性作家冰心生于1900年，与我母亲同岁，每次见到她，我总是联想到我的母亲。一次宴会上，我坐在冰心女士旁边，按中国习俗我殷勤地替她夹菜，可她却说：“我吃饭都是有规律的，就不必麻烦你了！”这个语气也跟我母亲如出一辙，没想到这样的细节令我动容。

冰代表晶莹剔透，最恰如其分的例子是唐朝王昌龄（698—757）的诗句。王昌龄是考中进士的聪明才子，但他不擅长与人交往，曾先后几次被贬降职。他的传记中，说他“不拘小节”，其实就是说他是一个很随意的性情中人。

当时天下的中心在洛阳和长安，王昌龄被发落到被视为偏僻之地的江南一带。他在江南有一个密友叫辛渐，辛渐动身去洛阳时，他在芙蓉楼为其送行，并赋诗一首。芙蓉楼临着长江，位于现在的镇江市。王昌龄和辛渐共同的朋友有不少都在洛阳，那些朋友肯定担心被贬的王昌龄在江南会因失望而自暴自弃，也担心其不善于处理人际关系的弱点引出新麻烦。王昌龄也知道洛阳的朋友为他担心，因此为了消除大家的疑虑与不安，他作诗一首相送。

洛阳亲友如相问，一片冰心在玉壶。

意思是洛阳的亲朋好友若有谁问起了我，希望你不要说我被贬后变得萎靡不振、自暴自弃，而是转告他们：我的心就像盛在清澈见底的玉壶中的冰那样，清雅纯洁，晶莹剔透。一千三百多年后的今天，那些被解雇的日本公司职员是不是也有同样的感叹！

2006年3月28日

后记

本书汇集了2003年1月至2006年3月发表在《朝日新闻》晚刊上以“六甲随笔”为题的随笔。而在东京等全国主要版面上发表的内容仅截止到2005年3月，这以后至2006年3月的内容只在神户的《朝日新闻》（大阪本社版）刊登过，所以东京的朋友看不到，就来询问：“为什么不写了呢？”也难得东京的读者能有这份热情。他们说：“仍然想接着看您的文章。”实际上并不是我的问题，所以我只能回答他们说：“总之，过一段时间我准备出单行本，届时再让你们分享。”现在我终于能够兑现当时的承诺了，所以对本书的出版深感欣慰。

我一周大约写一篇一千字（四百字的稿纸写两页半）左右的文章，这两年半的生活节奏比较缓慢。本次收录的文章内容基本与当时刊登在报纸上的内容一致。

《武夷山三十六峰》这篇中，朱熹在隐屏峰山脚下创建的学校名叫“武夷书院”，好像一般称之为“武夷精舍”，这倒也无妨。可是有些书中记载，“武夷精舍”的别名也叫“紫阳书院”。另外，关于紫阳花，如同《紫阳花名源于白居易》一篇描述的那样，这种花的原产国是日本，大概是遣唐使中日间几次往来之际，顺便把它带到了唐朝。可中唐时期，这种花还没有名字，于是白居易就成了第一个给这种花命名的人。

紫阳花传至英国，并非从原产地的日本，而是经由中国传播过去。1789年英国探险家、博物学家约瑟夫·班克斯把它带到英国，并冠以他的名字。德国人西博尔德（1796—1866）将一种淡紫色的多萼片的紫阳花以妻子楠本泷的名字命名。

查看清末诗人龚自珍的年谱，发现他的父亲龚丽正是紫阳书院的山长（校长）。当然这和朱熹的紫阳书院毫无关联。但不知为什么，好像人们很愿意用“紫阳”来命名学校。紫阳花确实是一种高雅清秀、低调内敛的花。

实际上紫阳花是我家所在的神户市的市花。我也是市花评委会一员，当时议论颇多，我记得决定因素在于：它虽产自日本，却被称为西洋紫阳花，是从日本传至国外，又从国外传回到日本的“再进口”花，鉴于此，大家看重的是紫阳花具有国际性的这一特色。

如果您有机会给女士送花，而且那位女士对花语也颇有研究的话，那我不劝你送紫阳花。因为紫阳花的花语是：

——花虽美，但没有花香也没有果实。

——高傲自大。

这两年半时间，我每周写一篇文章，觉得十分惬意。但并不是说我怠慢休息过，所以每篇文章间隔时间基本是一周。有时间隔两周，那也并非我懒惰，而是报纸休刊几天。

标题的“六甲”是神户的一个山名。过去说六甲，还必须附加一个简单的说明，可现在因阪神老虎棒球队的声援歌而为世人熟知，因此现在就没必要多此一举。

我时常远眺六甲山，才坚持把每周一篇的随笔写完。《朝日新闻》大阪本社生活文化部的大村治郎先生总是一丝不苟地核对我的每一篇文章，《朝日新闻》社出版本部的长田匡司先生，也是鼎力相助，在此一并表示衷心感谢。

凝视着被六甲梅雨洗礼的紫阳花的花狸居主　陈舜臣

初次出版：《朝日新闻》2003年10月6日至2006年3月28日连载（2005年4月4日至2006年3月28日大阪本社版）